KB113898

도시의 주인

말리브 장편 소설

FUSION FANTASTIC STORY

도시의 주인 1

말리브 장편 소설

초판 1쇄 찍은 날 § 2014년 4월 22일
초판 1쇄 펴낸 날 § 2014년 4월 29일

지은이 § 말리브
펴낸이 § 서경석

편집부장 § 권태완
편집책임 § 박은정

펴낸곳 § 도서출판 청어람
등록번호 § 제387-1999-000006호
등록일자 § 1999. 5. 31
어람번호 § 제1-1841호

주소 § 경기도 부천시 원미구 부일로 483번길 40 서경B/D 3F (우) 420-822
전화 § 032-656-4452 팩스 § 032-656-4453
http://www.chungeoram.com
E-mail § chungeorambook@daum.net

ISBN 979-11-316-9006-2 04810
ISBN 979-11-316-9005-5 (세트)

도시의 주인

의

주인

말리브 장편 소설

FUSION PANTASTIC STORY

1

청어람
도서출판

CONTENTS

제1장	히말라야에서	7
제2장	새로운 시작	39
제3장	다이아몬드 원석	61
제4장	그녀를 다시 만나다	81
제5장	드라마틱	107
제6장	마법에 대한 흥미	141
제7장	한여름의 무더위	171
제8장	눈을 뜨다	203
제9장	사랑해도 되나요?	245
제10장	소중한 행복	281

1장

헬멜리아에게서

"하아."

숨을 내쉬자 그 가냘픈 숨길마저도 얼어버릴 만큼 혹독한 추위가 온몸을 감싼다. 나는 피켈로 빙벽을 찍고, 갈라진 틈새에 아이스하켄(Icehaken)을 때려 박아 지지대 삼았다.

바람에 흔들리던 몸이 추락하지 않도록 조심스럽게 빙벽에 바싹 붙었다.

영하 2도의 날씨는 양호한 편이었지만 칼날 같은 날카로운 바람이 문제였다.

시간이 지나도 좋아질 기미가 전혀 보이지 않고, 오히려 눈보라까지 조금씩 불어오고 있어 나는 등반을 멈추고 되돌아왔다.

히말라야 K2의 제1캠프를 만드는 작업은 며칠이 가도록 지지부진했다.

오늘도 별다른 성과 없이 고도 5천 2백 미터에 세운 전진기지로 되돌아오고 말았다.

나에게는 10명의 셰르파(Sherpa)가 있다. 그중 2명은 단순한 짐꾼이 아니라 등반 동료이며 조력자였다. 알과 두파가 그들이다.

나는 낭가파르바트를 혼자 등반한 전설적인 알피니스트인 헤르만 불(Hermann Buhl)을 생각했다.

그는 세계에서 9번째로 높은 산이며 죽음의 산, 악마의 산으로 알려진 낭가파르바트(Nanga Parbat, 8125m)를 산소통 없이, 그리고 셰르파도 없이 혼자 등반하였다.

그는 가장 험난한, 거의 일직선에 가까운 난코스를 통과하였다.

그러나 너무나 많은 심력을 사용했는지, 올라갈 때 청년이었던 얼굴이 내려올 때는 노인이 되어 있었다.

나는 결코 위대한 등반가인 그를 닮으려 혼자 등반을 시작한 것이 아니었다. 그리고 인간의 한계에 도전하려는 그런 고상한 의도도 없었다.

하다못해 조지 말로니가 뉴욕타임지와의 인터뷰에서 말한 것처럼 '산이 거기 있기 때문에(Because It is there)' 히말라야를 찾은 것도 아니었다. 산에 대한 사랑 따위는 애초에 없었다.

나는 운명을 시험하고 싶었다. 아니, 솔직히 말하자면, 깨끗하고 고귀한 모습으로 죽으러 왔다.

내 삶의 끝을 아무도 모르는 곳에서 마치고 싶었다. 그 누구도 내 불행한 운명을 동정하지 못하도록 말이다.

해발 5,000미터에 마련된 전진기지는 주변에 비해 상대적으로 움푹 들어간 곳이라, 강풍에도 잘 견디었다.

전진기지로 사용하는 곳에는 4개의 텐트가 쳐졌다. 한 개는 내가, 2개는 셰르파들이 사용하며, 나머지 한 개에는 장비와 식량들이 비축되어 있다.

얼음을 녹여 끓인 따뜻한 물을 마시자 호흡하기 한결 편해졌다.

고산 지대에서는 더운 물을 자주 마셔 주지 않으면 고산병에 걸리기 쉽다.

시간이 지날수록 눈보라가 심해졌다. 나와 셰르파들은 텐트에 깊이 처박혀, 눈보라가 잦아들기만 기다렸다.

눈보라가 치는 K2는 무섭고 잔인했다. 아무도 그 앞에서

똑바로 설 수 없다.

눈은 다음 날 아침이 되자 그쳤다.

아침을 먹고 나는 알과 두파와 함께, 다시 어제 개척한 루트를 따라 올라갔다.

이렇게 루트가 개척이 되면 10명의 셰르파는 짐을 날라 다음 캠프를 설치한다.

고산족(高山族) 셰르파들은 유능한 짐꾼인 동시에 산악인 이다.

사실 그들의 가난한 삶이, 유능한 등산가가 되도록 강요 했다는 것이 어쩌면 더 정확한 표현이다.

내가 K2를 혼자 오를 결심을 한 이유는 K2 단독 등반에 성공한 라인홀트 메스너의 말처럼, 히말라야는 대규모 등 정보다 소규모에 의한 속도전이 더 낫다고 판단했기 때문 이다.

사람이 많으면 많을수록, 필요한 장비와 물품이 많아지 고 위험도 증가한다.

50도에 가까운 빙벽을 오르던 알이 갑자기 중심을 잃고 굴러 떨어졌다.

순간 자일에 연결된 밧줄이 팽팽하게 당겨졌다.

두파가 놀라 그를 바라보았다.

"알, 정신 차려."

두파가 다급하게 소리쳤다.

허공에 대롱대롱 매달린 알은 정신을 잃지 않았는지, 한 호흡 만에 대답한다.

"이곳에 지지할 만한 곳이 있어. 하켄으로 지지대를 삼겠다. 힘들겠지만 더 떨어지지 않게 해줘."

알의 말은 바람 소리에 웅웅거렸지만 비교적 선명하게 들려왔다.

그의 말에 두파가 바로 대답했다.

"잠시만, 하나, 둘, 셋 하면 당긴다. 그 순간에 피켈로 버텨."

"오케이."

알은 있는 힘을 다해 대답했다.

"하나, 둘, 셋!"

알이 재빠르게 피켈로 빙벽을 찍고 버티자, 두파가 그를 조금씩 끌어올렸다.

다행히 미끄러진 길이가 얼마 되지 않아, 맨 밑에 있던 나에게까지 미치는 영향은 없었다.

빙벽의 기울기가 사뭇 가팔라, 우리는 처음부터 추락할 가능성을 열어 두고 격시등반(Interupted Climbing)을 했었다.

격시등반은 등반 대원들이 서로 어느 정도 안전지대를

확보하고, 시차적으로 등반하는 것을 말한다.

앞뒤 사람과의 시차와 간격을 벌리면, 그만큼 안전이 확보되고 사고의 위험에 대처하기 쉽다.

알이 무사하게 되자 우리는 안도의 한숨을 내쉬었으나, 그는 부상을 당했는지 더 이상 등반을 하지 못했다.

우리는 이날도 어쩔 수 없이 빙벽을 하강하여 내려왔다.

알은 미안한 듯 나와 두타에게 말했다.

"숨겨진 크레바스를 미처 발견하지 못했습니다."

"별수 없군요. 상처는 어떻습니까?"

"심하지 않지만 빙벽을 타기는 곤란합니다."

크레바스는 빙하 사이에 생긴 균열을 의미한다.

눈으로 덮인 히든 크레바스에 걸리면 굉장히 위험해진다.

등산에 성공한 후에도, 내려올 때 크레바스에 당하여 실종되는 경우가 많다.

이렇게 실종되면 거의 찾지를 못한다. 중간에 있던 알이 히든 크레바스에 노출된 것은 어떻게 보면 앞선 두파의 실수이다.

선행자는 느리더라도, 위험을 회피하여 안전한 길을 확보해야 하는 의무가 있다.

이는 우리들 중에서 두파가 가장 실력이 좋다는 말이기

도 했다.

나와 두파는 알의 부상으로 오는 공백에 대해 걱정하며 의논하였다.

내려올 때 빙벽에 부딪혔는지, 인대에 이상이 생긴 그는 걷는 것을 힘들어했다. 걷지도 못하는데 등반이라니.

빙벽을 오르려면 아이젠을 신고 발끝에 힘을 주어, 아이젠의 발톱이 얼음에 박혀야 한다.

그래야 중심을 제대로 잡을 수 있다. 내일까지 그의 병세에 차도가 없으면, 알은 베이스캠프로 이동하기로 했다.

베이스캠프로 가는 것도 걸어서 꼬박 5일이 걸리니, 쉬운 일은 아니었다.

알이 발목을 움직이는 데 고통을 느끼면, 베이스캠프로 이동도 할 수 없게 된다.

다음 날 오후가 되어서야 알은 인대의 고통이 줄어든 듯, 고산족 동료 2명과 베이스캠프로 이동했다.

'하, 어쩐다?'

나는 알의 부상으로 난처해졌다.

알과 두파는 2년 전부터 알고 지낸 사이다. 그렇지 않다면 내가 혼자 K2를 등반한다고 할 때 따라나서지 않았을 것이다.

인왕산과 한라산에서 히말라야에 대한 훈련을 1년 한 후,

2년 전 현지답사 차원에서 고산족 마을인 테임(Thame)에 갔을 때 그들을 만났었다.

당시 알의 홀어머니는 병이 들었지만, 돈이 없어 병원에 입원을 하지 못하는 상태였다.

그 사실을 안 내가 약간의 돈을 보태 주어 입원을 하게 되었지만, 불행하게도 그녀는 결국 2달 후에 죽었다. 오래된 지병과 영양실조로 병이 갑자기 악화되었던 것이다.

알은 그 후 내게 생명의 은인이라며 깊이 감사를 했었다. 그는 자신이 등반에 차질을 준 것을 알고 매우 미안해했다.

"알, 여기까지 올 수 있었던 것도 네 덕분이야. 충분히 고마워. 네가 아니었다면 내가 어떻게 두파와 같이 훌륭한 파트너를 만날 수 있었겠어? 마음에 두지 말고 빨리 낫기나 해."

나는 알과 두파를 보며 미안해졌다. 다른 팀을 만났다면 조금 더 편하게 일을 했을 것이다.

그러나 나는 그들을 애써 외면해야 한다.

나의 죽음은 천사의 날개보다 아름다워야 한다. 악마의 죽음이므로, 아들을 살해한 자의 비극은 프로메테우스의 형벌보다 아파야 한다.

그래야 한다. 간이 새에게 파 먹이듯이, 내 영혼은 아들의 원혼으로 골수가 파여야 한다.

나의 아들아, 네가 아버지라 부를 수 없는 나는, 너에게 다가갈 수 없어 스스로를 벌한다.

아벨을 죽인 카인이 신에게 용서를 받듯이, 나는 그렇게 용서를 받아서는 안 된다.

이것은 나의 운명이다. 그러나 만약에, 만약에 여기서 죽지 않는다면, 그것이 내 운명이고 신의 뜻이라면 네 무덤에 꽃을 놓을 자격을 얻는 것으로 생각하겠다.

나는 두파에게 다시 등반을 시작하자고 했다.

그는 말없이 고개를 끄덕였다. 그는 그런 남자다. 돈을 받았으면 끝까지 책임을 지는. 두파는 알의 이종사촌 지간이다.

고산 지대의 작은 마을에는 따지고 보면 친척이 아닌 사람이 없지만, 그래도 둘은 어릴 적부터 같이 자라 유난히 친했다.

두파가 셰르파의 일을 시작하자, 알도 따라서 셰르파가 되었다.

6시간 동안 빙벽을 오른 후 마침내 제1캠프를 세울 수 있는 곳으로 이동했다.

8명의 셰르파가 짐을 날라 제1캠프를 설치했다. 일을 시작할 무렵 바람이 불어왔지만, 어렵지 않게 텐트 하나를 칠 수 있었다.

작년 여행 캠프를 겸한 여행자 로드에 참가하여 전진기지까지 왔었다. 산악회 소속이 만든 트래킹이었기에 가능했던 일이었다.

그때 나는 이 엄청난 얼음벽을 보고 꼭 오르고 싶었다. 그리고 그것은 오늘 이루어졌다.

나는, 어디쯤에서 죽을까를 생각했다.

죽음을 생각했을 때 왜 이 히말라야를 떠올렸는지 모른다.

투신이나 약물로 인한 자살은 왠지 하고 싶지 않았다.

왜 그런지 나도 그 이유는 알 수 없었다.

아마도 쉬운 죽음에 대한 거부감이 있었던 것 같다.

*　　　　*　　　　*

다시 일주일이 지나고 제2캠프를 만든 뒤, 우리는 결국 K2에서 물러나기로 했다.

갑자기 기상이 악화되기 시작한 것이다.

5월의 K2는 이렇게 날씨가 변화불측하지 않다.

비록 일교차가 심하기는 하지만, 대체적으로 맑은 편이었다.

나는 먼저 셰르파들을 내려보내고 다음 두파를 가게 했다.

다음은 내 차례였다.

젠장, 죽는 것도 마음대로 못한단 말인가?

나는 셰르파들에게 피해를 줄 수 없어 그 뒤를 따랐다.

어느 순간, 다른 생각에 잠겼던 나는 그들을 놓쳤다.

순식간에 시야에서 사라지고, 보이는 것은 온통 눈이었다. 어디를 둘러보아도 그것은 변하지 않았다.

'아마, 이쯤에서 오른쪽으로 갔었지.'

나는 그들이 내려갔으리라 짐작되는 곳으로 발걸음을 옮겼다.

그때였다.

발밑이 무너져 내리기 시작하더니, 밑으로 끝없이 추락했다.

젠장, 빌어먹을 눈 처마였다.

나는 떨어지면서도 마음속 깊은 곳에서 안도했다. 이제 기다리던 죽음이구나, 생각했다.

다행히 눈 더미에 파묻혀 부상은 없었다. 히말라야에서 길을 잃는다면, 당연히 고통 없이 죽을 것이라고 생각했다.

그러나 산소통의 산소가 떨어지면서 추위는 견디기 힘들어졌다.

호흡을 할 때마다 그르륵 소리가 나는 것이, 폐에 물이 조금씩 들어가는 듯했다.

물을 끓여 마셔도, 그때만 조금 도움이 될 뿐이었다. 그 순간이 지나면 바늘로 허파를 찌르는 듯한 고통이 다시 찾아왔다.

나는 그때야 산 사나이들의 죽음이 그다지 낭만적이지 않다는 것을 알았다.

추위에 얼어 죽는다는 것이 무엇을 의미하는지를 알 듯 했다.

위대한 산악인 헤르만 불과 같이, 추위와 싸우면서 눈 처마의 붕괴로 죽는 것만이 조금 위안이 되었다.

마침내 추위가 완전하게 몸을 점령했다. 이제는 전혀 몸의 감각이 느껴지지 않는다.

'그래, 이렇게 죽게 되겠지.'

나는 얼음 바위에 기대 마지막으로 편안한 포즈를 취했다.

만약 누군가 나를 발견하는 이가 있다면 바로 이 모습이리라.

나는 이 세상에 존재했었던 모든 것에게 작별을 고했다. 머릿속에 명멸하던 그림들도 사라졌다.

그렇게 눈을 감으려고 할 즈음, 대각선의 아랫부분에 희미한 빛이 흘러나오기 시작했다.

아무리 봐도 크레바스의 일부로밖에 보이지 않는 얼음덩

어리들 사이에 난 작은 틈, 그 사이로 희미한 빛이 새어 나오고 있었다.

'뭐지?'

이상하게도 그 빛을 보자, 조금씩 기운이 나기 시작했다.

폐에는 여전히 물이 고인 듯 호흡할 때마다 그르륵, 하는 소리가 났지만 몸이 조금씩 움직여졌다. 얼었던 몸의 감각이 돌아오고 있었다.

'이게 뭐지? 어떻게 이것이 가능하지?'

알 수 없는 미스터리가 다름 아닌 내게 벌어지고 있었다.

폐에 물이 찼다는 말은 폐부종으로, 상태가 심하지 않은 경우는 이뇨제를 써서 소변의 양을 늘리면 어느 정도 해결된다.

그러나 산에서의 폐부종은 다르다. 특별한 의약품이 없다면 바로 사망할 만큼 무서운 병이다.

나는 희미한 의식의 끈을 붙잡고, 그 빛이 나는 곳으로 기어갔다.

얼음의 벽들이 앞을 가로막았지만, 어디에서 힘이 나왔는지 피켈로 얼음덩어리를 깼다.

얼음의 벽은 약한지 조금씩 부서졌다.

얼음덩어리들을 깨면서 '내가 무엇을 하고 있지?' 하고 생각했지만, 나의 본능은 저곳으로 가면 산다고 말해주고 있었다.

얼음이 걷히고, 연한 노란빛이 새어 나오는 길을 무릎으로 기어서 갔다.

그 빛에 가까이 갈수록, 신기하게도 몸이 조금씩 회복되고 있었다.

나는 이 기묘한 현상을 이해할 수 없었다.

마치 K2에 온 이유가 생명의 소멸이 아닌, 이 작은 노란 불꽃을 만나러 온 것이 아니었나 싶을 정도로 친근함을 느꼈다.

나는 마침내 일어나 걸었다.

숨을 내쉬는 것이 점점 편해지고 있었다.

어떻게 이것이 가능할까?

해발 5천 미터가 넘는 곳에 위치한 이 초라한 얼음의 궁전 크레바스에서, 빛들의 향연이 펼쳐졌다.

나는 빛에 이끌려, 몽유병 환자처럼 그렇게 다가갔다.

수정처럼 빛에 투영되던 얼음들이 끝나자, 얼음이 아닌 화강암으로 만들어진 동굴이 나타나며 광경이 확, 하고 바뀌었다. 빛은 동굴 안에서 비추어지고 있었다.

빛이 시작되는 곳에서 사람의 형체를 한 쓰레기 더미를 보았다.

몸은 검은 로브로 가려져 있었다. 그 괴이한 형체를 보고도 무섭지가 않았다.

뭐가 무서운가? 죽으려고 히말라야까지 왔는데 말이다. 신기함, 괴이함, 기이함 등등이 복잡하게 섞인 감정이 느껴질 뿐이었다.

쓰러진 남자의 옆에는 기하학적 무늬로 수놓아진 고급스러운 상자가 있었다. 그 상자에서 빛이 새어 나오고 있었다.

'하아, 이 무슨 묘한 조화란 말인가?'

남자는 심장이 뚫려서 죽었다.

SF 소설에서나 나오는 날카로운 섬광 같은 것에 심장이 뻥 뚫려 있는 괴이한 죽음이었다.

죽기 전에 고통을 느꼈는지 남자의 얼굴은 심하게 뒤틀려져 있었다.

하지만 곧 내가 꿈꿨던 죽음보다 편안하게 죽었구나, 하는 생각이 들자 이내 남자에 대한 동정심은 사라졌다.

아, 이 남자는 왜 이곳에서 죽었을까?

나는 기이하고 부드러운 노란색 빛이 번져 나오는 상자를 바라보았다.

그러고 있다 보니 배가 고파졌다. 백을 열고 뒤지니 초콜릿 두 개가 손에 잡힌다.

그중 하나를 조심스럽게 입에 물었다. 조금씩 녹아 목구

멍을 타고 내려간다.

당분이 들어오자 기분이 많이 나아졌다.

나는 한숨을 내쉬며 동굴의 벽면을 바라보았다. 동굴은 원형의 모양으로, 거대한 힘에 의해 회전하듯 거칠게 파졌다. 마치 드릴로 뚫은 형상이었다.

벽의 단면은 결이 아주 균일한 단단한 선홍색의 화강암이었다.

저 남자가 했을까? 죽기 전에 무슨 힘이 남아 있다고.

하지만 이 인공적인 동굴에 대한 답은, 심장이 뚫려 죽은 남자 외에 달리 설명할 방법이 없었다.

나는 다시 상자를 바라보았다.

반쯤 열려 있는 상자에서, 빛과 함께 생명의 기운이 새어 나오고 있었기 때문이다.

딸깍.

상자는 어떤 금속으로 만들어졌는지 알 수 없었지만 대단히 고급스러웠다.

그 안에는 백금 반지와 붉은 수정 하나가 있었다. 생명의 기운은 그 붉은 수정에서 나온 것이다.

완전하게 열려진 상자에서 노란빛의 무리들이 나오더니, 한순간 붉게 변하고는 갑자기 사라졌다.

아니, 붉은 수정으로 빨려 들어갔다는 말이 옳은 표현이었다.

나는 가만히 붉은 수정과 백금 반지를 노려보았다.

그리고 쓰러져 죽어버린 남자를 바라보았다.

무엇일까? 생각해 보니 대충 그림이 그려진다.

남자는 이곳에 동굴을 만들었다.

구멍이 난 심장을 치료하기 위해 저 붉은 수정을 사용하려고 했으나, 상자가 열려지기 전에 죽었다.

그러나 어떻게 그게 가능한가, 라는 물음에는 여전히 설명할 수 없다.

인간이 이해할 수 없는 거대한 무엇이 작용한 것 같은데, 그게 무엇인지 알 수 없었다.

그리고 그다지 알고 싶지도 않았다. 지금 그것이 뭐가 중요하다는 말인가?

따뜻한 동굴 안에 있으니, 막말로 살 만했다.

그런데 시간이 흐르자 더 고통스럽게 변했다.

얼어 죽을 걱정은 하지 않아도 되었지만, 이제부터는 아사를 걱정해야 할 판이었다.

나는 아사가 더 비참할 것 같았다. 동사도 고통스럽지만, 몸의 감각이 없어지는 순간이 오면 추위 자체도 작아진다.

인간은 자신이 감당할 수 없는 소리와 무게, 공포를 만나면 오히려 무감각해진다.

추위가 극에 도달하면 인간의 감각기관은 마비가 된다. 물론 배고픔도 마찬가지다.

그러나 배고픔은 너무도 오래 지속된다는 것이 문제다.

죽음은 이전보다 조금 더 고통스러워졌지만, 아무도 알 수 없는 비밀의 방에 숨어든 어린 소년처럼 심장이 콩닥거렸다.

'그래, 이렇게 죽게 되는군.'

나는 비통한 마음으로 중얼거렸다.

"결국 살아나지 못하는군. 아들아, 미안하다."

자리에 누운 채로 가만히 있으니, 눈물이 흘러내린다.

아직도 흘릴 눈물이 남았던가?

뺨을 타고 내리는 눈물을 느끼며, 나는 말없이 죽음을 준비했다.

눈을 감자 죽었던 아들이 천사의 미소로 나를 품에 안는다.

이제 끝인가, 나는 후회를 했다.

분노가 모든 것을 망쳐 버렸다고 아무리 외쳐도, 지나간 시간은 돌아오지 않는다.

*　　　　*　　　　*

사건은 그 남자가 찾아오고 나서 벌어졌다. 이병천, 재계 서열 20위의 미래 그룹의 총수다.

그때 나는 조그마한 벤처 기업을 운영하고 있었다.

이미 한 번의 사업 실패 후, 누가 안전하다고 한 IT 계열 교육 사업에 뛰어들었다. 이론적으로는 쉽게 될 것 같았다.

가정에서 컴퓨터가 가정교사가 되는. 예를 들어 이차 그래프가 있다면, 학습자가 함수 그래프를 임의로 끌어당긴다.

그러면 그에 따라 수식이 변하고 값이 달라진다. 학원 강사보다도 빠르고 자상한 설명이 아닌가?

그런데 개발에 돌입했을 때 난제를 만났다.

그래프의 값이 하나하나 변하게 만들려면, 각각의 문제에 개별 엔진을 만들어야 한다는 것이다.

게다가 컴퓨터 언어를 통합적으로 알고 있는 엔지니어도 있어야 했다.

불행히도 직원들 중에 그런 사람은 없었다.

C언어와 C++언어, JAVA, SQL 등을 모두 알고 있는 엔지니어가 없었던 것이다. 상황이 이러니, 가지고 있던 돈은 빠르게 말라 갔다.

할 수 없어 학습지 출판에 손을 댔다.

후배가 운영하는 대형 학원을 통해, 기존 학교의 예상 문제집을 지역별로 만들었다.

자료는 전국적인 체인망을 가진 후배의 도움이 컸다.

처음엔 10만 권이 팔려, 저자의 인세를 제하고도 어느 정도 돈이 남았다.

급한 불은 끌 수 있게 되어, 한숨을 돌리며 쉴 수 있었다.

그때 그가 찾아왔다.

이태리 장인이 만든 값비싼 옷을 입은 그가 내 회사에 왔다.

나는 너무 놀랐다. 그만큼 그는 대단한 사람이었다.

나보다 나이는 두 살 위인 것으로 알려진 그가 말했다.

아들을 데려가고 싶다고.

나는 기겁을 했다. 무슨 헛소리냐고, 재벌 총수에게 목소리를 높여 소리쳤다.

그런데 그가 밝힌 내용은 충격적인 것이었다.

아, 이럴 수가. 그는 과거 아내의 애인이었다.

재벌가의 후계자로 있을 때, 지금의 내 아내를 만났다고 한다.

서로 사랑했지만 집안에서 받아들여지지 않을 것이 명확했다.

그렇게 잠시 망설이는 동안, 그녀는 나와 결혼을 해버렸다.

이후에도 둘은 계속 만났고, 자신의 아들이 태어났음을 알았다. 하지만 그는 움직일 수 있는 상황이 아니었다고 한다.

이병천의 말에, 이런 비극적 드라마의 주인공이 불행하게도 나라는 것이 어이가 없을 뿐이었다.

어떻게 이럴 수가 있는지. 수십 년을 같이 산 아내가 모든 것을 숨겨 왔다니.

내 아들이라고 하여 20년 가까이 키워 왔는데, 이제 두 눈을 멀쩡하게 뜨고 그 아들을 빼앗기게 생겼다.

나는 아들을 끔찍이도 아꼈다.

아들은 아내를 닮아 머리가 영특하고 착했다.

유머러스하고 얼굴도 잘생겨 여자애들에게도 인기가 제법이었다. 그런데 이건 뭐, 내가 뻐꾸기의 둥지도 아니고.

그가 다녀가고 나서 아내에게 따졌다.

어떻게 20년을 숨겼냐고. 아내는 표독스러운 표정으로 내게 말했다.

그래서 지금이라도 뒤바뀐 것들을 바로잡자고. 사과 한마디도 없이 그렇게.

평상시에 현숙한 아내로 처신하던 여자가 갑자기 악마로 돌변했다.

나는 인간이 얼마나 악해질 수 있는지를, 바로 한집에서 사는 여자를 통해 배웠다.

그녀는 단지 버림받은 자신의 사랑이 꽃을 피울 시간이 필요했을 뿐이었다. 그녀는 나를 단 한 번도 사랑한 적이 없다고 했다.

내가 아들의 양도를 거부하자, 그는 내 사업체를 압박하기 시작했다.

그리고 마침내 재기할 수 없을 정도로 망가뜨려 놓았다.

그렇게 많은 시간을 투자하고 자금을 쏟아부었건만, 모든 것이 소용없게 되었다.

나는 이 모든 사실에 엄청난 충격을 받았다.

미래 그룹에서 직원들을 스카우트로 빼돌렸고, 하루가 다르게 자금 압박이 들어왔다.

나는 매시간 악마의 유혹을 받았다. 모두를 죽여 버리고 싶었다. 그리고 마침내 해서는 안 되는 말을 하고야 말았다.

"저주받을 자식아, 넌 악마의 아들이다. 네 아비에게로 꺼져 버려!"

아내와 이병천에 대한 분노가 애꿎은 아들에게 향했다.

나는 그때 이성을 잃었었다. 인간에 대한 환멸, 불신으로 가득해 있었다.

나의 말에 아들은 엄청난 충격을 받았다.

그 당시 나는 혼이 거의 나가 있었는데도, 아들이 내 말에 얼마나 고통스러워하는지를 느낄 수 있었다.

그 정도였으니, 아들이 받은 심적 고통은 어마어마했으리라.

아들은 집을 나갔다. 그렇다고 아내의 소원대로 친아버지를 찾아간 것도 아니었다.

아들은 삐뚤어지기 시작했다. 소위 막가는 아이들과 놀기 시작하더니, 걷잡을 수도 없게 변해 버렸다.

인간에 대한 절망적인 불신을 가지고 있던 나조차 아들의 모습에 괴로워했다. 아내는 정도가 더 심했다.

그때쯤 나는 내 인생을 끝내려고 했던 것 같다.

마흔을 훌쩍 넘은 나이에 또다시 아버지에게 손을 벌리기 힘들었던 나는, 오직 죽을 생각뿐이었다.

*　　　*　　　*

그날은 눈이 왔다.

아름다운 눈이었다.

술을 마시고, 괴로움을 잊어버리려고 했었다.

너무나 많이 마셔, 눈에 보이는 사물이 마구잡이로 교차하듯 보였다.

얼핏 아들의 모습을 본 것 같기도 했지만, 너무 취해서 그가 아들 민우인지도 분간하지 못했다.

도로를 달리던 차가 빙판 위를 미끄러지듯 나를 향해 달려왔다.

순간 헤드라이트가 번쩍이는 것이, 피하라는 신호인 듯했다.

하지만 나는 오히려 두 팔을 벌렸다. 그래, 나의 추악한 영혼을 받아가라, 하며 웃었다.

그때 아버지, 하는 소리가 들려오더니 나는 쓰러졌다.

바닥으로 내동댕이쳐져 충격을 받긴 했지만, 죽지는 않았다.

나는 이상해 주위를 둘러보았다.

피를 흘리고 있는 아들의 모습이 선명하게 들어온다.

그제야 정신이 퍼뜩 들어, 술에서 깨어났다.

아들은 피를 흘리고 있었다.

아들이, 이 바보 같은, 저주받은 나를 위해 대신 몸을 날린 것이다.

"민우야! 민우야!"

내 외침에 아들은 눈을 떴다. 힘겨운 눈빛을 한 아들이 웃으며 말했다.

"아버지, 전 아버지의 아들이어서… 너무나 행복했습니

다. 아버지를 존경하고 사랑했습니다. 아버지가 저를 거부해도 전 영원히 아버지의, 아들입니다."

아들은 힘겹게, 하지만 조금의 망설임도 없이 또렷하게 말한 뒤 이내 축 늘어졌다.

병원에 도착했을 때는 이미 숨이 끊어진 상태였다.

나는 절규했다.

아들이 나에게 어떤 존재인지를, 아들이 얼마나 나를 사랑했는지를 알고 있었다.

아들을 땅에 묻으며 진실을 알게 되었다.

아들은 자신이 내 친아들이 아니었음을, 진작 알고 있었던 것이다.

이병천이 그를 만나기 전에, 영리한 아이가 먼저 알아버렸다. 그랬는데도 아들은 변함없이 나를 사랑하며 따랐다.

아들의 사랑과 믿음을 배신한 어리석음이, 타락한 분노가 아들을 죽였다.

이런 아들을 두고 망해 가는 회사를 살린다고 뛰어다녔었다.

나는 멍청이였다. 운명이 어떻게 쓸려 가는지도 모르는, 분노와 질투에 눈이 먼 어리석은 자였다.

아들의 죽음에 충격을 받았는지, 그 독한 아내도 끝내는 병을 얻었다.

한 달 후에 겨우 몸을 추스른 아내는 예전의 그녀가 아니었다.

그녀는 영혼이 빠진 인형처럼 자신의 방에서 나오지 않았다.

그 방이 자신의 무덤이라도 되는 듯했다. 거의 먹지 않고 하루 종일 멍하게 있거나, 시도 때도 없이 잠을 자거나 했다.

나는 그때부터 죄악으로 가득한 내 영혼을 정결하게 하기 위한 작업을 시작했다.

왜 등산을 선택했는지, 그리고 왜 히말라야를 선택했는지는 모른다.

철저한 준비 끝에 나는 마침내 히말라야에 도착했다.

인천 공항에서 출발하여, 잠시 베이징에 머문 후 우루무치에 도착했다.

이리커에서 나는 알과 두타를 만나, 같이 낙타를 타고 해발 4,900미터의 베이스캠프에 도착했다.

그리고 다시 삼 일을 걸어서 도착한 곳에는, 거대한 빙벽이 우리를 가로막고 있었다.

나는 그 거대한 빙벽을 보며, 무덤치고는 근사하다고 생각했었다.

그런데 지금 이 동굴은 정말 근사한 무덤이 아닌가?

어쩌면 나는 수만 년이 지나도 발견되지 않을 것이다.

나의 무덤은 그 어떤 황제의 무덤보다도 은밀하였다.

*　　　*　　　*

다음 날 눈을 떴다.

'아, 눈을 뜨면 안 되는데.'

어제보다 몸의 상태가 양호해졌다. 아마도 그 상자 안에 담긴 붉은 수정 때문인 것 같았다.

나직하게 한숨을 내쉬었다.

동굴을 나와 보니 온통 눈과 얼음밖에 없다. 눈 처마에 빠져 약 100여 미터를 내려왔으니, 이곳 역시 해발 5천 미터 정도의 높이일 것이다.

폐수종의 증상을 보였던 폐도 나았는지, 호흡하는 데 불편함을 느낄 수가 없었다.

하는 일도 없이 동굴 안에 혼자 있자니 이것저것 생각이 나 괴로웠다.

배가 고팠다. 가지고 있던 초콜릿은 어제 모두 먹어치웠다. 모두 먹어치웠다곤 해도, 사실 손톱만 한 크기의 초콜릿이었다.

동굴 안이 너무나 따뜻하여 행복하다고 말해야 할지, 아니면 오도 가도 못하는 신세를 한탄해야 할지 감이 잡히지 않았다.

시간이 지나면서 차분하게 지난 삶을 반추해 보니, 결국 이 모든 일의 원인은 내게 있었다.

그 남자에 대한 아내의 사랑이 지극했어도, 결혼한 내가 잘해 줬다면 그렇게까지 하지 않았을 것이라는 생각이 들었다.

집안 소개로 만나, 데면데면한 결혼 생활에 아이가 태어났다.

당연히 나의 아이라고 생각했다. 그런 상황에서 씨앗을 뿌린 다른 놈이 있을 것이라고 누가 생각할 수 있겠는가?

아내의 이상했던 점, 아들의 모습 등이 떠오른다.

내 혈육이 아니라도 정말 사랑스러운 아이였다.

살아 나간다면……. 그럴 수야 없겠지만 그렇게 된다면, 아들의 무덤에 가서 꽃이라도 한 송이 놓아야겠지.

내 아들이기를 소원했던 민우의 마지막 말을 듣고서야, 비로소 그 아이가 내 아들임을 알았다.

나는 그 18살의 아들보다도 못한 어른이었다.

그리고 이 모든 불행을 가져다 준 이병천을 용서하지 않고 싶었다.

그러나 무엇으로 그를 응징할 것인가? 재계 서열 20위 재벌을 무슨 방법으로?

총이라도 하나 구해서 저격한다면 모르지만, 그것은 제대로 된 복수가 아니다.

목숨이 아닌 나를 망가뜨린 그대로의 방법으로 복수하고 싶었다.

눈을 감는다. 그리고 아침이 되어 다시 눈을 뜬다.

그러기를 며칠, 나는 자리에서 일어나 죽은 남자의 시체를 수습했다.

땅이라도 파서 묻으려고 하다가 그게 뭔 짓인가, 했다.

무덤 안에서 다시 무덤을 만들려고 하다니.

나는 나의 어리석음에 피식 웃었다.

동굴이 따뜻하다고 말해도 이곳은 히말라야였다.

2장

새로운 시장

시체에서 나온 물건들은 잡다한 것이 많았다.

이름을 알 수 없는, 처음 보는 기괴한 것들이 대부분이었다.

나는 너무나 배가 고파, 저 늙은 시체라도 뜯어 먹고 싶을 정도였다.

그때 상자 안의 붉은 보석이 눈에 들어왔다. 보석인지 아닌지 확실하지 않았다.

그 순간 저거라도 먹을까 하는 생각이 들었다. 그리고 이내 피식 웃었다.

'나도 참, 배가 고프니 별 생각을 다 하는군.'

그런데 왠지 묘하게 그 생각이 설득력 있게 느껴졌다.

보석이 빛을 발하고 있을 때, 뭔가가 내게 일어났다.

배는 고프지만, 몸을 움직이는 데 전혀 무리가 없는 건 다 보석 때문일지 모르지.

나는 상자에 가까이 다가갔다. 그 붉은 핏빛 보석을 잡고, 입에 가만히 넣었다.

뭔가 싸한 느낌이 머리를 서늘하게 만들었지만, 나는 거의 자포자기의 심정으로 그것을 입에 물고 누웠다.

싸한 기운에 배고픔 대신 음산한 기분이 들었다. 그래도 배고픈 것보다는 나았다.

싸한 기운은 온몸을 돌아다니다, 시간이 자나자 어느 순간 청량한 기운으로 바뀌었다.

그리고 부드럽고 따뜻한 기운이 몸속을 다니고, 뭔가 이상야릇했다.

나는 그런 느낌을 무시하고 잠을 잤다. 하도 생각을 많이 하다 보니, 알게 모르게 좀 피곤했다.

눈을 뜨자 몸이 가벼웠다.

입에 물었던 생명력 넘치던 붉은 보석도, 배고픔도 없어졌다.

나는 시큼한 냄새에 자리에서 일어났다.

이제야 그 이상한 시체가 썩어 가는 모양이다, 라고 생각하다가 이내 내 몸에서 나는 것임을 깨달았다.

나도 모르게 똥이라도 쌌는가 싶었지만 다행이도 아니었다.

힘이 넘치는 것이, 잘 만하면 빙벽을 피켈 하나만으로도 올라갈 수 있을 듯했다.

그것이 가능하다면 나도 위대한 알피니스트가 되겠지.

알피니즘이 생겨난 것은 근대 과학의 덕분이다.

암벽 등반과 빙설 등반이 가능한 것도, 하켄이나 볼트를 바위에 박을 수 있게 되면서부터다.

혼자 빙벽을 오르는 것이 얼마나 허황된 생각인지 알기에 피식 웃음이 나왔지만, 손과 발에 힘이 넘치는 것이 어찌어찌해 보면 될 듯했다.

나는 이곳에서 얻은 모든 것을 배낭에 넣고, 백금 반지는 손가락에 끼었다.

백금 반지에 박혀 있는 두 개의 붉은 보석은, 마치 해골의 눈처럼 보였다.

배낭엔 이미 먹을 것들이나 산소통 등등의 짐이 없어진 상태라 여유 공간이 많았다.

여기에 계속 있다가는 죽는 데만 천년만년 걸릴 것이다. 그리고 죽는다고는 했지만, 꼭 죽으려는 것은 아니었다.

작지만 운명을 시험한다는 의미도 있었다. 살아날 길이 있으면 굳이 죽을 필요는 없었다.

한 번 살아날 수 있다는 희망을 품어서인지, 자꾸만 들썩이는 몸은 주체하지 못할 정도가 되었다.

동굴을 나서자 바람이 불어왔지만, 그렇게 춥지는 않았다.

나는 피켈로 빙벽을 찍으며, 간간이 하켄을 사용하였다.

마치 내가 헤르만 불이라도 된 듯, 기본 장비만으로 빙벽을 탔다.

이전보다 빙벽을 오르는 것이 쉬웠다.

스스로도 '어, 이상한데?' 하고 생각하였지만, 매서운 바람이 날카롭게 불어와 여유 있게 생각할 틈이 없었다.

자일에 몸을 묶고 빠르게 빙벽을 등반하며, 이것이 원래 나였다면 불가능했을 것임을 알았다.

지금까지 등산 루트의 개척은 알과 두파가 했고, 나는 그 뒤를 따라가는 형식이었다.

하산 시에 눈 처마에 빠져 실종되면 거의 100프로 죽는다.

나 역시 마찬가지였다. 그 이상한 동굴을 발견하지 않았다면, 나도 히말라야의 한 점 얼음 바위가 되었을 터였다.

거의 이주일 만에 돌아온 전진기지는 아직도 두파가 지

키고 있었다.

나는 그의 의리에 깊은 고마움을 느꼈다.

나의 시체라도 확인하려는 건지, 다리를 치료한 알이 합류하여 등반을 막 준비하려던 중이었다.

"알, 두파!"

나는 반가움에 그들을 불렀다. 하지만 그들은 이상한 눈으로 나를 바라보았다.

"이열?"

"그래, 나야."

알은 나를 바라보고 경악했고, 두파는 '오, 마이 갓'을 연발했다.

나는 죽었다고 알고 있던 사람이 살아왔기 때문에 놀란 것이라 생각했었다.

하지만 곧 내 몸에 일어난 비밀을 알게 되었다.

나는 얼굴이 변해 있었다.

거울에 비친 얼굴은 20살, 젊디젊던 시절의 모습이었다.

작은 손거울을 보며 면도하려던 손이 부들부들 떨렸다.

나는 누구란 말인가?

헤르만 불은 청년으로 낭가파르바트를 올라갔다가, 노인이 되어서 내려왔다.

나는 청년의 몸이 되어 돌아온 것이다.

헤르만 불의 저주인가, 아니면 축복인가?

나는 어쨌든 아들의 무덤에 꽃을 놓을 수 있을 것이라는 생각으로 위안을 삼았다.

사람의 마음이란 얼마나 간사한지, 죽으려고 갔던 놈의 얼굴이 젊어지니 은근히 기분이 좋아졌다.

나도 그저 그런 인간이라는 사실을 깨닫고, 피식 헛웃음이 나왔다.

내 인생의 저주는 이제 끝이다.

이제 나의 운명은 스스로 선택할 것이다.

살아남았으니, 그럴 자격이 조금 생긴 셈이다.

*   *   *

나는 한국으로 돌아가는 비행기에 몸을 실었다.

'하, 죽을 무덤에서 오히려 젊음을 되찾았군.'

비행기 창문을 통해 끝없이 펼쳐진 구름바다를 바라보았다.

그 모습은 마치 히말라야의 눈과 비슷했다.

눈밖에 없는 그곳에서, 눈 처마에 휩쓸리고도 살아 돌아오게 되다니. 생존 자체가 내게는 용서의 기적이었다.

'이제 나는 행복을 꿈꿔도 되는 것인가? 실제로 행복할지는 몰라도, 행복해질 수 있다는 희망을 가지는 것 말이야. 그런 자격을 조금은 얻었나?

인천 공항에 내리자마자, 나는 용인에 있는 아들의 무덤을 찾았다.

쓸쓸한 아들의 무덤에 무릎을 꿇고 소리 없이 울었다.

그때 아내가 잘못했다고 말만 했더라도, 그가 회사를 망치지만 않았더라도, 아들에게 그런 말은 하지 않았다.

아내는 어떻게 이십 년을 속일 수 있었을까?

아니, 그건 둘째 치더라도, 발각이 되었으면 전후 사정을 이야기하고 앞으로의 일에 대해 의논을 했어야 했다.

아내도 그 남자도, 모두 나에게 견디기 힘든 강요만 했다.

피해자인 내게 선택의 여지조차 주지 않고 밀어붙였다.

사랑하지 않았다 하더라도, 20년을 같이 살았던 정이 있을 텐데 말이다.

눈물이 비처럼 흘러내린다.

부끄러워 아들의 무덤을 찾지 못했던 그 앙금이, 눈물과 함께 씻겨 내려가는 느낌이다.

한참을 울고 있는데, 이슬비가 내리기 시작했다.

연한 초록의 잎사귀가 그 비에 방긋 웃는다.

나도 내 아들의 영혼 앞에 방긋 웃는다.

네가 나를 사랑했듯 나도 너를 포함한 세상을 사랑하게 되겠지, 생각하며 자리에서 일어났다.

뒤를 돌아서자, 유령처럼 서 있는 아내의 모습이 눈에 들어왔다.

그녀는 말없이 나와 무덤을 바라보고 있었다. 그녀의 입에서 아득한 한숨이 나왔다.

아내는 거의 알아들을 수 없을 만큼 나직한 목소리로 말했다.

"내가 망쳐 버렸어. 내 사랑을 지키기 위해, 당신과 민우를 괴롭게 했어. 그것을 인정하는 순간, 나는 마치 소돔의 그 여자처럼 소금 기둥이 될 것만 같았어. 이게 내 인생이야."

그녀는 나의 달라진 얼굴에도 놀라지 않았다.

이미 그녀에게 그런 것 따위는 관심 밖이리라.

나는 아내에게서 아주 미약한 죽음의 냄새를 느꼈다.

나는 아내가 죽으려고 하는 것을 알아챘다. 그것이 그녀의 인생이라면 막을 수 없겠지.

우리는 가정이라는 테두리 안에서도, 남이 되어버린 지 오래였다.

새삼스런 걱정과 위로를 해줄, 그런 처지가 아닌 것이다.

우리는 추적거리는 길을 따라 무수히 많은 무덤 사이를

걸었다.

비가 굵어지고 있었지만, 누구도 피할 생각을 하지 않았다.

"당신은 살려고 그곳에 갔고, 나는 죽으려고 남았죠. 누가 신의 뜻일까요?"

"글쎄. 난 살기 위해 간 것이 아니라, 아들에게 용서를 빌기 위해 갔었지. 만약 살아서 돌아온다면 그 아이에게 용서를 빌겠다고. 하지만 K2행은 죽는 것이나 다를 바 없었지."

"인생은 어디로든 흘러가겠죠."

"그건 그래."

나는 아내와 헤어져 호텔에 체크인을 했다.

아들이 없는 그곳에 갈 필요는 없었다.

그리고 한 달 후, 아내의 죽음을 전해 들었다. 자연사였다.

상주 노릇은 당연히 내 몫이었다.

서류상으로는 아직 아내였으므로.

무슨 정이나 감정이 남아서 서류를 정리하지 않은 것이 아니라, 둘 다 그럴 필요를 못 느꼈었다.

아내의 장사에 나는 거의 3일 밤을 새웠다.

호텔 방에 들어서자마자 주르륵, 하고 코피가 났다.

피를 닦자, 손에 껴 있던 반지에서 환한 빛이 새어 나와 나를 삼켰다. 그리고 정신을 잃었다.

나는 밝은 빛이 흘러나오는 정사각형의 공간에 서 있었다.

여기가 어디지 하고 주위를 둘러보니, 큐브와 같은 정사각형의 공간이다.

"이제야 각성을 하였군."

나는 소리가 나는 곳을 바라보았다.

그는 원래 그곳에 있었으나, 미처 보지 못했다.

그 남자는 놀랍게도, 히말라야의 크레바스의 동굴에서 보았던 남자였다.

"나는 자크 에반튼이다. 나는 자네가 보았듯이 죽은 존재다. 이곳은 나의 원념이 만든 공간. 그러므로 이곳은 존재하나 존재하지 않는 공간이기도 하지. 나는 마법사 중에서도 특이하게 기호학을 공부했다. 그 덕분에 마도시대의 언어를 해석해 낼 수 있었고, 9서클의 마법사가 되었다."

"마법사요?"

"마법사를 모르는가? 자네는 위대한 정신과 굳은 신념을 가진 자 같은데, 마법을 모른다니 이해가 안 되는군."

나는 그 마법사의 말에 공감했다.

일상에 마법이 필요하기는 했다. 새롭게 살아가기 위해서는 '뭔가' 가 필요했다.

"알고는 싶습니다."

그는 마법에 대해 말해주었다. 그것은 정말 놀라운 세계였다.

"아쉽게도 자네가 늦게 각성하는 바람에, 오랜 시간 가르쳐 줄 수가 없네. 만약 자네가 마법사였다면, 나를 도와 더 오랜 시간 이 마나의 공간에 있을 수 있었을 거네. 마법의 언어와 마나를 다스리는 법을 자네의 기억에 넣어주겠네. 그 이상은 지금 내 능력으로는 안 되겠어. 아참, 하도 드래곤을 사냥해서인지, 차원의 마법진을 발동할 당시 심장이 드래곤 로드의 공격에 직격했네. 그에 마법진이 영향을 받아 시간의 비틀림이 있었지. 깨어나는 순간, 어쩌면 자네는 다른 시간에 존재할지도 모르네. 그게 몇 년 전일지, 몇 백 년 후일지는 나도 모르네. 자네가 끼고 있는 반지는 2개의 레드 드래곤 하트로 만들어졌고, 아공간이 있는 반지네. 그 무한의 아공간의 이름은 마르트라 오셀로네. 이제 자네가 각성하여 주인이 되었으니, 새로 이름을 지어도 좋네. 아공간을 여는 것은 자네의 의념으로 명령하면 되지. 그럼 행운을 비네."

자크 에반튼의 모습이 흐릿해졌다.

정사각형의 공간인 큐브가 이글어지면서 나는 눈을 떴다.

그 순간 죽음보다 짙은 어둠이 나를 맞이하였다.

＊　　＊　　＊

집이었다.

결혼을 하기 전에 살던 아버지의 집, 내 방 안이었다.

하아, 자크 에반튼의 말처럼 나는 시간을 거슬러 왔다.

다른 시대로 가지 않은 것이 정말 다행이라고 생각하며
달력을 보았다.

소원했던 대로 과거로 돌아왔다.

나는 마치 인어공주의 물방울처럼 내 아들이 공중으로
사라지는 것을 지켜봤었다.

아직 존재하지는 않지만 세상에서 가장 사랑스러웠던 아
들을 가슴속에 고이 묻었다.

2001년 2월 23일.

무려 20년이나 되는 시간을 거슬러 왔다.

막 결혼을 하려던 시기였다.

4개월 후, 나는 이전의 아내를 만나 결혼을 결심하고 다
음 해 봄에 결혼한다.

그녀는 처녀 때 무척이나 아름다웠고 매력적이었다. 그
러니 나도 넘어가고 이병천도 넘어갔겠지.

남자라는 것이, 인간이라는 것이 씁쓸했다.

그러고 보니 나의 원한도 사라졌구나.

과거로 돌아왔으니 말이다. 갑자기 생각이 정리되지 않는다.

기분이 묘했다. 아들의 죽음에 그토록 비통해서 히말라야를 갔었는데.

'어, 그러고 보니 반지가 그대로 있군. 옷도 그대로고. 혹시?'

나는 침대에서 일어나 거울을 바라보았다. 역시 그대로였다.

"하아. 이제 새로 시작이다. 고귀한 죽음처럼 존엄한 생존을 택할 기회가 주어지다니."

나는 재킷을 벗고 상의를 탈했다.

조각 같은 몸이 나타났다.

키는 원래 컸었지만, 그에 부합하는 멋진 몸도 가지게 되었다.

미친 듯 3년이나 산을 올랐으니, 그것도 일반 산이 아닌 히말라야의 K2이니 말 다한 것이다.

기뻐해야 하나? 다행은 아들이 죽지 않은 것이다. 태어나지도 않았다.

그 아이는 내가 김미영, 그 여자와 결혼하지 않아도 태어날 것이다. 원래 나의 아들이 아니었으니.

샤워를 하며 거울에 비친 몸을 돌아봤다.

차가운 물이 온몸을 적시자, 그제야 정신이 맑아 온다.
씻고 부엌으로 내려오니 어머니가 나를 보며 깜짝 놀란다.

"아니, 이열아, 대체 어떻게 된 거니? 키도 커지고, 얼굴
은 더 어려진 것 같구나?"

"그럴 리가요. 일찍 자서 얼굴이 좋아 보이는 것이겠죠."

"그런가? 빨리 먹고 회사 가거라."

"회사요?"

"그래."

아, 난 이 시기에 회사를 다녔다.

외국계 회사였는데, 결혼하면서 그만두고 개인 사업을
했다.

너무 오래전이라 내가 어떤 부서였는지 가물거릴 정도였
다.

일단 기억을 더듬으니 생각이 났다. 그리고 그림처럼 모
든 것이 확, 명확해졌다.

'이건 뭐지?'

나는 기겁을 했다.

머리는 원래도 제법 괜찮은 편이었지만, 지금은 스스로
이해하지 못할 정도로 좋아진 것이다.

죽음의 끝자락에서 기연을 만났고, 기적을 체험했다.

믿을 수 없게 좋아진 신체 능력과 지능을 어떻게 사용할지도 풀어야 할 숙제다.

*   *   *

회사를 왜 그만두었을까?

세계 최고의 기업으로 성장하는 회사인데. 뭐 그래 봤자 내 회사는 아니지만 말이다.

"자, 이제 새롭게 해보자. 얼마만큼 진보를 보일 수 있을지 나도 알고 싶어지는군."

회사가 다 좋은데, 역삼역 근처에 있는 것이 단점이었다.

지하철, 버스, 그리고 자가용으로 출근을 해도 밀리는 교통 체증에, 아침마다 멀미를 했다. 이를 피하려면 일찍 출근하는 수밖에 없다.

회사에 출근하여 동료들을 보니 새삼 반가웠다.

어제 본 풀잎조차 새롭다는 말은 지금 나에게 해당된다.

"어, 이열 씨, 안녕."

"좋은 아침!"

주근깨투성이지만 몸매만큼은 환상적인 이미주 씨는, 억울하게도 나이 든 사람들에게 인기가 많다.

몸매만 보면 나도 한 번 대시하고 싶을 정도로 대단하다.

"좋은 아침, 이열 씨."

"안녕하세요. 과장님."

차성욱 과장은 32살의 나이에 벌써 3년 차 과장이다.

샤프한 머리로 기발한 생각을 해낼 때가 많아, 뛰어난 업무 능력으로는 다른 사람과 비교 불가다.

모닝커피를 한 잔씩 하고 근무가 시작되었다. 나는 그동안 했던 일을 파악하며 아침을 보냈다.

이번에 내가 처리할 일은, 광고와 관련된 외주 작업을 체크하는 것이었다.

원래는 홍보부의 일이지만 그쪽 부서의 일이 많아 나에게까지 넘어왔다.

잘 처리해도 실적은 안 되지만, 실수를 하면 대외적으로 욕을 먹는, 실속이 전혀 없는 일이다.

"홍익미디어죠? 여기는 STL의 기획 조정실 김이열이라고 합니다. 제가, 아 네. 중간 점검을 하게 되었습니다. 아니요, 그쪽 부서가 업무가 폭주한 상태라 체크만 제가 합니다. 아, 네. 아뇨, 제가 그쪽으로 가죠. 필요한 자료를 준비해 주세요."

기획실 직원인 내가 홍보부 일을 대신 해주는 것은 어디까지나 내 경력의 미천함 때문이다.

이제 경력 1년 차, 기획 일은 본사의 지침을 한국에 적용하는 게 고작이다.

다른 외국계 회사는 어떤지 몰라도, STL은 개성이 독특해서 어지간하면 변화를 주려고 하지 않는다.

'회사를 다니는 것은 개인의 개성을 포기하고 지루함과 권태를 선택하는 것' 이라는 말은 정말 명언이다.

늘 반복되는 패턴의 일을 하다 보면 어느새 개성이 사라진다.

외국계 회사는 자기가 맡은 일만 하면, 남의 눈치를 잘 안 본다는 좋은 점이 있다.

물론 외국계 기업도 많이 한국스러워졌지만, 그래도 국내 기업보다는 깔끔한 편이다.

나는 이 깔끔함 때문에 전생에 회사를 그만두었지만. 지금 생각해 보면 그때는 배가 불렀었다.

오후가 되어 홍익미디어가 있는 신사역에 도착했다. 문을 열고 들어가니 담당자가 기다리고 있었다.

"STL의 김이열입니다."

나는 명함을 꺼내, 30대 중반으로 보이는 세련된 스타일의 여자에게 주었다.

"장미옥이에요."

명함을 받아 보니 영상 미디어 팀장이다.

'왜 영상 미디어 팀장이?' 하는 생각으로 바라보자, 그녀가 웃으며 말한다.

"이번에 제작된 광고는 미디어와 연결된 점이 많아요. 따로 지면 광고용을 촬영하지 않고, 영상의 일부분을 사용하기로 했거든요."

"그러면 광고의 참신함이 떨어지는 것 아닌가요?"

"물론 그런 점은 있지만, 이번 영상은 매우 잘 나온 편이라 오히려 친근함이 어필될 수 있어요. 예를 들어 사람들은 연예인을 이미 알고 있기 때문에, 그들이 광고에 나오면 제품에 쉽게 친숙함을 느끼게 되죠."

"흠, 친숙함이라."

"최종본에 대한 결정은 그럼 홍보실에서 하는 것인가요?"

장미옥 팀장은 곤란하다는 표정을 지었다.

"네, 그렇습니다. 저는 중간 점검만 하는 것이니까요. 그러나 제가 결정하면 그대로 추진하시면 됩니다."

"아, 네."

장미옥 팀장은 다소 안도한 표정을 지었다.

광고 쪽 일이라는 것이, 막판에 클레임이 걸리면 지금까지 해온 모든 작업을 갈아엎고 새로 해야 하는 경우가 많다.

광고 제작비보다 매체 광고비가 훨씬 더 크니, 어쩔 수 없는 거다.

큰돈을 들여 만들었는데 광고 효과가 없으면 곤란하다.

이런 경우 물론 애초에 계약된 돈보다 더 받기는 하지만, 수고에 비해서는 턱없이 작은 금액이라 재작업에 들어가면 담당자는 거의 미치려고 한다.

"흠, 이미지가 잘 나왔네요."

나는 그녀가 내밀은 몇 개의 시안을 보며 말했다.

"시안에 대한 결정은 누가 하나요?"

"제가 할 겁니다. 그동안 저희 회사는 기존의 엘레강스한 스타일을 계속 유지해 왔는데, 이번에는 스타일리시한 쪽으로 가는 것도 괜찮겠네요. 이미지나 카피도 그쪽이 어울리는 것 같고요."

내 말에 장미옥 팀장이 비로소 방긋 웃으며 말한다.

"그렇죠? 기존의 형식에서 이탈하는 경향이 없지 않지만, 반응은 괜찮을 것 같아요. CF 영상도 아주 예쁘게 나와서 이번에 뜰 거예요. 호호."

"그렇게 되길 바라야죠."

홍익미디어는 광고뿐 아니라 영상 영화 분야도 있다.

아직까지 영상 영화 분야는 약하긴 하지만, 적자는 아닌 것으로 알려졌다.

그만큼 신인 발굴과 작품 선택의 안목이 좋다는 말이다.

영화 쪽이 강화되면서 CF 영상도 자연스레 이전보다 한

단계 수준이 높아졌다.

그래서 요즈음에는 일감이 전에 비해 많이 몰리고 있는 중이란다. 사업의 다각화에 성공한 좋은 케이스다.

나는 경황없이 시간을 보내다, 저녁이 되어 조용한 바를 찾았다.

혼자 술을 마시며 조용히 김소월의 '초혼'을 생각했다.

산산이 부서진 이름이여!
허공중에 헤어진 이름이여!
불러도 주인 없는 이름이여!
부르다가 내가 죽을 이름이여!

아들 민우는, 생각만 해도 가슴이 미어지는 추억이다.

소월의 시처럼 부르다가 죽을 만큼, 간절한 이름이기도 하였다. 그러나 이제, 기꺼이 마음속에서 떠나보내야 한다.

사실 이제는 나를 아비로 두지 않을 터이니 아들의 죽음 또한 없으리라.

잔잔한 미소가 저절로 흘러나왔다.

남남이 된다는 것이 못내 서운했지만, 그래도 죽는 것보다는 나았다.

3장

다이아몬드 원석

시간은 빠르게 흘러갔다.

나는 새롭게 살게 된, 이 놀랍고 신기한 삶에 적응을 하는 데 시간이 좀 걸렸다.

이전보다는 더 멋지게 살고 싶어졌다.

이것이 욕심이라도, 그런 마음이 드는 것을 막을 수는 없었다.

토요일 다섯 시가 좀 안 되는 오후, 나는 학교의 운동장에서 러닝을 하고 있었다.

운동장에 사람은 몇 명 없었다. 바람이 간간이 불어왔고,

아이들은 서로 조용하게 놀다가 집으로 돌아가는 분위기였다.

그때, 뭔가 이상하고 요상한 느낌이 들었다.

주위를 둘러보니, 학교 옥상에 여자아이가 하나 보였다.

직감적으로 요즘 세상을 시끄럽게 만드는 왕따나 성추행에 관한 이야기가 생각났다.

'모르는 사람이지만 죽게 내버려 둘 수는 없지.'

나는 있는 힘껏 계단을 뛰어 올라갔다.

4층이나 되는 옥상을 불과 몇 분도 안 되어 도착했다. 여자아이가 주춤거리며 앞으로 나아가려고 했다.

"뛰어내릴 거니?"

"헉."

여학생으로 보이는 아이가 놀라며, 뒤돌아 나를 바라보았다.

나는 천천히 곁에 다가갔다.

의도적으로 그 아이와 조금 떨어진 곳에 걸터앉았다.

"안녕, 나는 이열이라고 해. 너는? 아, 말하기 싫으면 하지 않아도 돼."

"……."

난감한 표정을 짓고 있는 소녀에게, 나는 최대한 무관심한 태도로 말했다.

"너, 이곳에서 떨어지면 죽을 것 같아? 물론 머리부터 떨어지면 죽겠지. 하지만 재수 없으면 식물인간이 되거나 장애인이 될 수도 있어. 나도 과거에 친한 친구가 나를 구해주기 위해 죽은 경험이 있어. 너무나도 슬퍼 히말라야에 올랐지. 히말라야 알지?"

소녀가 약간 관심을 가진 표정으로 고개를 끄덕였다.

"거기에서 제일 높은 산이 에베레스트 산이야. 그 산은 높기는 한데, 그보다 더 오르기 험한 산이 있거든. 그게 바로 K2야. 그곳 눈 처마에서 무려 1백 미터나 굴렀지. 바로 이렇게."

나는 일어나 옥상의 난간을 붙잡고 밑을 바라보았다.

4층이면 대략 10미터의 높이다. 맨땅이라 그런지 무지 높아 보였다.

나는 소녀의 슬픈 눈을 바라보며 말했다.

"자, 내가 먼저 내려가 볼게."

나는 손을 놓았다.

휙, 하고 바람이 불면서 내 몸이 밑으로 떨어졌다.

아이가 꺅, 하고 놀라는 비명이 들린다.

그 소리를 들으며 나는 재빠르게 3층의 난간을 붙잡았다.

강인해진 몸의 어깨가 약간 휘청거렸지만 힘은 그다지

들지 않았다.

산악인들이 2미터 정도의 거리에서 잡지 못하면, 그게 더 이상했다.

지금처럼 확실하게 잡을 수 있는 난간이 있다면 말이다.

나는 다시 옥상으로 기어 올라갔다. K2에 비하면, 땅 짚고 헤엄치기만큼 쉬운 일이다.

그 아이는 아직도 멍하게 나를 바라만 보고 있었다.

"그때도 이렇게 기어올랐었지. 나도 사실 그때 죽으려고 갔었거든."

"아."

"그런데 너무 춥더라고. 얼어 죽는 것도 쉬운 일은 아니구나 생각했었지. 온몸이 굳어져 가는 찰나, 마침 동굴을 하나 발견한 거야. 안에 들어가니 무지 따뜻했어. 얼어 죽을 걱정은 없어졌는데, 이제는 굶어 죽어야 하는구나 하고 걱정을 했지. 죽으려고 가 놓고, 막상 죽게 될 처지에 놓이니 억울한 거야. 2주를 그렇게 배가 고픈 상태로 있는데 내 친구들이 나를 찾아온 거야. 알지? 셰르파라고, 고산족 길 안내인들. 사실 그 사람들이 고상돈 아저씨보다 등산은 훨씬 잘해. 물론 나보다도 잘하지. 한 번 죽을 결심을 하고, 실제로 죽다가 살아나니 세상이 달라지는 거야."

나는 적당히 겪은 이야기를 각색하여 그 아이에게 들려

주었다.

무슨 감동을 주고자 하는 이야기는 아니었다.

단지 나도 너와 같은 생각을 했던 사람이야, 하고 공감대를 형성하기만 하면 된다.

자살하는 사람들은 힘들어서라고 하지만, 사실은 아니다.

힘든 사람이 어디 한둘인가?

그 사람들 모두 죽는다면, 세상 사람들의 반은 죽어야 할 것이다.

의지할 사람도, 마음속의 억울한 심정을 토로할 수 있는 상대도 없어 외로움 때문에 죽는 것이다.

"정말요?"

"사람에 따라 다르겠지만 대부분 그래. 너, 거기 오래 서 있다 힘 빠지면 떨어질 수 있다. 네 의사가 아닌 실수로 떨어져서 다치면 얼마나 속상하겠어? 일단 내려와서 나랑 이야기 좀 하자. 뭐, 그래도 네 마음이 안 변하면 다시 하면 되지 뭐. 너하고 아는 사이도 아닌데, 네가 하겠다는 걸 목숨 걸고 말릴 처지는 아니잖아."

소녀는 그동안 무서웠는지, 내 말에 난간에서 얼른 내려왔다.

아이들은 강요를 하면 반발한다. 이유를 설명하고 물러

설 수 있는 명분을 줘야 한다.

그리고 한 번 내려오면 다시는 못 올라간다.

인간은 한 번 경험한 공포를 잊지 못하게 되어 있다.

만약 다시 죽을 결심을 하게 된다면 그때는 아마 다른 방법을 택하겠지.

단언하건대, 투신으로는 겁이 나서 절대로 못 한다.

"나는 내가 왜 죽으려고 했는지 이야기했는데, 너는 안 해줄 거야?"

아이는 머뭇거리며 말하기를 꺼려한다.

말을 하고 싶은 마음과, 하지 않으려는 상반된 마음이 싸우고 있는 듯하다.

"말하기 힘들면 고개만 끄덕거리면 돼. 사실 자세하게 알 필요는 없잖아. 학교 문제야?"

아이가 고개를 끄덕인다.

"중1?"

고개를 흔든다.

"중2?"

아이가 다시 고개를 끄덕였다.

"무슨 일인지는 모르겠지만, 그 고통이 얼마나 갈 것 같아? 앞으로 2년이 지나면 학교를 졸업해. 고등학교까지 따라온다고 해도 5년이네. 5년 후에 복수하면 되겠네."

"복수요?"

"걔네들보다 더 멋지게 사는 거지. 너처럼 예쁜 아이는 나중에 멋진 남자를 만날지도 몰라. 그러면 너를 괴롭혔던 아이들은 너를 부러워하게 될 거야. 지금이야 교복을 입혀 놓으니 다 거기서 거기인거지. 고등학교만 졸업해 봐. 너를 괴롭혔던 애들은 감히 너를 쳐다보지도 못할걸."

아이의 눈이 반짝인다. 희망을 갖기 시작한 것이다.

"사실 그 아이들보다 더 나쁜 것은 너야."

나의 말에 아이는 눈을 동그랗게 뜨고 이유를 묻는다.

"…왜?"

"그 아이들은 그렇다 쳐도, 너는 너를 믿어야지. 이렇게 훌륭한데. 이렇게 멋진데 그것을 모르니 말이지. 너 다이아몬드 알지?"

"네."

이제는 제법 마음을 열었는지 바로 대답을 한다.

"다이아몬드가 왜 비싼지 알아?"

"그야… 예쁘니까요."

"물론 예쁘긴 하지. 그런데 다이아몬드는 가공하기가 어려운 보석 가운데 하나야. 원석을 가공할 때, 브릴리언트 컷을 쓰지. 17세기 베네치아의 페르지가 발견한 가공법인데, 원석을 다각으로 깎는 거야. 그러면 다이아몬드의 아름다움이 가장 잘 드러나거든. 이름이……?"

"유… 진미요."

"그래, 진미라는 원석이 있어. 아직은 알아보는 사람이 없지만, 그렇다고 다이아몬드가 구리가 되진 않지. 너의 가치를 네가 알아주지 않는데, 누가 그 가치를 알아줄까? 혹시 알아? 네가 세상에서 가장 아름다운 다이아몬드가 될지."

"제가요?"

"그래, 넌 사람들에게 존중받을 가치가 충분히 있는 아이지. 그러니 너도 너를 존중해야 해. 그러면 그 아이들의 괴롭힘 따위는… 물론 힘이 들겠지만, 우스워지는 것이지."

"아아."

사람의 마음은 요상하다.

부정적인 이야기를 자꾸 들으면, 멀쩡한 아이도 바보가 된다.

그러나 바보라도 항상 장점을 칭찬해 주고 격려해 주면, 그 아이는 자신의 재능을 뽐내게 되어 있다.

네 손가락의 피아니스트 희아가 그 대표적인 예이다.

두 손을 다 합쳐 손가락이 4개인 소녀가, 부모의 칭찬과 희망을 포기하는 않는 격려에 끝내 피아니스트가 되지 않았는가?

물론 그녀를 안쓰럽게 생각하는 사람들도 있겠지만, 그녀가 가지는 행복한 표정을 보면 오히려 정상인들이 부끄러워해야 하지 않을까 싶다.

　"힘들었지?"

　"네."

　진미가 단순한 나의 물음에 울음을 터뜨렸다.

　그래, 그토록 서러웠겠지. 아무에게도 말 못하고 마음만 상했을 터이니. 그 누구보다도 이런 마음을 잘 안다.

　나는 진미가 우는 것을 그저 망연히 바라보았다.

　이 아이에게 지금 필요한 것은 위로다.

　그렇게 힘들었다는 것을 알아주는 사람. 그런 사람은 의외로 도움이 된다.

　다른 위로보다 공감대가 가장 중요하다.

　마음을 알고 있다는 소통이 있으면, 사람들은 정말 별거 아닌 일에도 살아갈 용기를 얻게 된다.

　진미가 자신을 괴롭힐 아이들에게 복수할 수 있는 방법은, 바로 학교에서 죽는 것밖에 없었다.

　아이들은 이상하게도 이런 일을 부모에게 알리지 않는다.

　부모가 알게 되면 일이 커지고, 그 뒷감당을 해야 하는 이는 어른들이 아닌 아이들이기 때문이다.

그렇게 되면 다른 아이들의 더 은밀하고 가혹한 복수가 뒤따른다.

학교 문제란 것이 어른들의 생각처럼, 그렇게 이성적으로 해결되지 않는다.

이 시기의 아이들은 아직 합리성을 깨닫기 전이기에, 힘이 모든 것이라고 생각하는 경향이 있다.

물론 그렇지 않은 아이들도 있지만, 그런 아이들이 다른 아이를 괴롭힐 리는 없다.

"네가 어지간하면 이렇게 했겠어? 하지만 너는 다이아몬드인데, 그까짓 짝퉁들의 말 따위에 상처 입을 필요는 없어. 그러니 앞으로는 오늘처럼 그렇게 하지는 마."

"네."

"난 너와 아무 상관이 없는 사이야. 맞지?"

"네."

"그러니까 가장 객관적으로 말할 수 있어. 넌 예쁘고 귀여워. 다이아몬드야. 그걸 항상 명심해."

"알았어요."

진미가 처음으로 웃는다.

"아참, 혹시 돈이 있니?"

"……."

"걱정하지 마. 너에게 상담료 달라고 하는 것은 아니니까. 혹시 아이들이 돈을 빼앗거나, 네 돈으로 빵이나 그런 거 사 오라고 하지 않니?"

"매일 그래요."

그럴 것 같았다.

순진한 얼굴이 뽀얗다. 귀하게 자란 아이였다.

돈이 있는데 순진하고 어리숙하니, 노는 애들에게는 그냥 밥으로 보이는 거다.

"너를 괴롭히는 아이들과 싸우지는 마. 맞으면 아프잖아."

진미가 고개를 끄덕인다. 맞았나 보다.

하긴 기본은 몇 대 맞고 시작하는 것이니.

맞고 지내던 아이가 어느 날 독심을 품고 덤벼들면 더 맞는다.

원래 실력이 없으니 맞았던 것인데, 마음이 바뀌었다고 달라지는 것은 없다.

물론 극단적인 방법을 선택하여 똘아이 짓을 하면, 가해 학생들이 똥이 무서워 피하나 하고 피할 수는 있다.

문제는 그게 아무나 할 수 있는 일은 아니라는 것이다.

이렇게 온실 속 화초처럼 귀하게 자란 아이들에게, 그것은 불가능에 가까운 방법이다.

"우유 사고, 빵 사고. 이러면 티가 안 나. 아예 반 아이들에게 확 뿌려."

"반 애들 전부요?"

진미가 놀란 눈으로 바라보았다.

"응. 얻어먹은 놈은 말 못 하거든. 그러니 이양 뿌리려면 폼이 좀 나게 하는 거야. 내가 하는 수법이지. 라면은 매일 사 줘도 고마워하지 않는데, 아웃백이나 빕스 가서 사주면 무지 고마워하더라고. 그동안 사준 라면 값이 훨씬 더 많이 들었는데 말이지. 돈을 쓰더라도 머리를 써. 어차피 뜯길 돈이면 그냥 사 줘. 그 아이들만 사주면 넌 바보 되지만, 아이들 전체에 사주면 큰손이 되는 거야. 물론 자주 사주면 봉이 되니, 1년에 2번 정도만 해도 충분해."

"알았어요."

죽음을 생각하고 올라왔던 아이는 희망을 가지고 내려갔다.

희망을 가진 아이는 약하지 않다.

아이는 어떻게든 자신이 다이아몬드라는 사실을 사람들에게 알리겠지. 시간이 걸리더라도 말이다.

나는 세상이 참 살기 힘들다고 생각했다.

저 어린 나이에 벌써 죽음을 생각하다니, 학교 폭력은 너무 심각했다.

이렇게 된 이유에는 여러 가지가 있겠지만, 공자나 예수가 아닌 다음에야 불편해도 지켜볼 수밖에 없다.

세상은 원래 불합리한 일을 겪으며 살아가는 것이다.

견디는 아이들은 더 단단해져 나오겠지.

그리고 그중에 몇은 정말 아름다운 보석이 될 수도 있다.

*   *   *

전생에 대한 기억이 있지만, 주식이나 선물 옵션 등에는 관심이 전혀 없었다.

IT 사업은 사람들 눈에는 물건을 만들지 않으니 돈이 별로 들지 않을 것이라고 생각하지만, 절대로 그렇지 않다.

IT가 그런데 일반 제조업은 더 말할 필요도 없다.

사업을 실제로 해보니 제조업이 얼마나 힘든지 알았다.

나는 두 번의 실패로, 사업이 아무나 하는 것이 아님을 알게 되었다.

하지만 아주 소량으로 투자를 해볼 생각이었다.

애플이 잘나갔고 삼성도 나중에 그 못지않게 발전했으니.

아공간 안에 든 금괴 3개가 있으므로, 그중 1개로 일단 시도해 볼 만은 했다.

내가 투자에 무슨 감각이 있어서 하겠다는 것은 아니다.

다만 제조업은 정말 힘들기에, 일단 자금을 굴리는 것을 배워 보려는 의도이다.

그러나 그런 일들보다, 지금은 변해 버린 현실에 적응하는 게 먼저였다.

현재의 나는 28살의 나이에 47살의 정신연령을 가졌으며, 20살의 얼굴을 하고 있다.

나이를 먹었다는 것은 경험이 많다는 말과 동의어다.

적응이 어려운 것은 아니었지만, 너무 급격한 변화가 나를 당황하게 만들었다.

마치 동영상을 뒤로 마구 돌리듯 바뀐 환경에, 의식을 맞추는 일은 그렇게 쉽지가 않았다.

그동안 살아왔던 관성이 작용하기 때문이다.

20년 후의 미래에서 살던 나를 순식간에 과거로 돌리는 일은, 이성적으로 가능해도 현실적으로는 그렇지가 않다.

예를 들면, 불과 10년 후 초등학생도 가지고 다니는 스마트폰이 이 시기에는 아예 없다.

아무 때나 어디서나 스마트폰으로 인터넷 검색을 하던 습관을, 일일이 노트북이나 데스크 탑 컴퓨터를 부팅시켜서 해야 한다는 말이다.

이런 자잘한 일들이 수없이 많다.

'아, 지금은 아니지' 하고 후다닥 놀라게 되는 것이다.

주위에서 나의 변한 얼굴에 놀라워했지만, 나는 웃으며 외계인에게 성형수술을 받았다고 농담했다. 사람들은 웃으며 넘어갔다.

조카가 태어났다.

누나를 닮은 여자아이였다. 이것은 다행이었다.

매형은 얼굴이 크고 남자다운 생김새였다.

남자라면 봐줄 만하겠지만 여자라면 최악의 조합이 될 수도 있었다.

병원에 들려 축하를 해주고, 선물로 누나가 그토록 원했던 에르메스 버킨 백을 사줬다.

국내 대기만 1,000명이 넘는다는 그 백을 사게 된 것은, 순전히 프랑스 에르메스 본사에 근무하는 윌리엄과의 개인적인 친분 때문에 가능했다.

연봉의 4분의 1이 날아갔지만, 누나는 내가 사업에 실패했을 때 상당한 돈을 아무 조건 없이 빌려 주었었다.

물론 그렇게 빌린 돈마저 이병천의 방해로 갚지 못했지만 말이다.

가격을 떠나, 누나는 친구들 중 누구도 구할 수 없었던 백을 가지게 된 것 자체가 기쁜 모양이었다.

그런 누나를 바라보며, 매형을 고개를 절레절레 흔들었다.

남자들은 절대 이해할 수 없다.

백 하나에 수천만 원을 주고, 심지어 다이아몬드가 박힌 에르메스 버킨 백은 텍사스 주 경매에서 2억 3천만 원에 낙찰되었다고 하니, 이건 뭐.

나야 전생에 받은 은혜를 갚는다는 의미로 선물하는 것이지만 말이다.

이걸 선물하면서 무지 고민을 하긴 했다.

친구에게 이 백을 구했다고 했더니 미친놈 취급을 받았다.

지금 여기서도 매형에게 그런 눈빛을 받고 있으니.

다른 사람도 아니고 자기 딸 태어난 것을 축하해 준다는 의미로 사준 건데, 순식간에 기분이 엉망이 되었다.

지금 생각해도 미친 짓이긴 맞았다.

1년 이상을 기다려도 살 수 없다는 말을 듣고 순간적으로 질렀던 것이다.

그러나 어떻게 하는가? 이미 가방은 샀고, 한 사람은 좋아하고 한 사람은 고개를 절레절레 흔든다.

그 돈으로 아프리카의 어린이 400명이 한 달 동안 밥을 먹을 수 있다 할지라도, 나는 같은 일을 했을 것이다.

그들에게 미안하기는 하지만, 내가 어려워서 죽게 되어도 세상의 다른 사람들이 나에게 동정심을 베풀어 주지는 않기 때문이다.

지극히 내 개인적인 결단이니, 다른 사람의 비난을 들을
이유는 전혀 없다.

그럼에도 끝내 마음이 찝찝하였다.

그나마 미친 듯이 기뻐하는 누나의 모습이 조금 위안되
었다.

뭐, 아공간에 들어 있는 금괴 3개를 생각하면 이쯤은 아
무것도 아니지만, 사람들이 그것을 알 리가 없다.

4장

그녀를 다시 만나다

나는 책상에 놓여 있는 스타벅스 아메리카노를 보며 생각에 잠겼다.

　아무 말도 없이 다가와, 커피를 주고 사라진 이미주 씨의 행동은 조금 의외였다.

　20년 전에도 그녀는 내게 호감을 가지고 있었다. 하지만 지금처럼 적극적이지는 않았다.

　'뭐지?'

　뭐, 사내 커플에 대해서야 신경도 안 쓰는 회사라 자유롭게 연애하는 편이긴 했다.

회사는 개인의 프라이버시에 관해선 철저하게 노터치였다.

그러나 이게 업무 실적과 연관이 되면 냉혹해진다.

조금 난감해졌지만 그렇다고 무시하기는 곤란했다.

나는 맞은편에 떨어져 앉은 그녀의 얼굴을 보며, 작은 목소리로 고맙다고 말했다.

얼굴이 붉어지는 것을 보니, 역시 짐작이 맞는가 보다.

'하아. 이거 내 인생에 이런 순간도 오는군. 직장 동료에게 대시를 다 받아 보고.'

명품 몸매를 생각하면 몸이 달아오르기는 하지만, 얼굴은 아니었다. 그러고 보니 얼굴형은 꽤 미인인데.

사실 외모는 전 아내가 죽였지. 한눈에 반해 결혼했으니.

하지만 얼마 지나지 않아 관심이 없어졌다.

그때는 그 이유를 몰랐는데, 지나고 보니 그녀의 행동에 나를 위한 배려 따위가 없었기 때문이었다.

그녀의 위선과 가식으로 가득한 행동에, 흥미를 잃은 것은 어쩌면 당연한 일이었다.

그리고 나이가 든, 아니, 47살의 정신을 가진 나는 사실 얼굴보다 몸매가 더 좋다 말하고 싶다.

구내식당에서 점심을 먹고, 직원 휴게실로 와 동료들과 함께 커피를 마셨다.

미주 씨가 지나가자, 그 모습을 보며 남자들이 한마디 한다.

"역시 몸매는 신이 내린 몸이지."

"얼굴 예쁜 거 오래 안 가."

"그래? 그럼 네가 한번 대시를 해보지."

"나 애인 있는 거 몰랐냐?"

"그냥 하는 말이다."

그녀의 유일한 단점은 주근깨 투성이인 얼굴이다.

연봉도 적지 않은 회사인데, 성형 수술을 안 하는 이유를 모르겠다.

하긴 성형 수술을 안 한 상태에서도 이런데, 주근깨를 처리하면 아마 회사가 난리가 나겠지.

저번 홍익미디어의 광고 사진을 오늘 끝내면, 이제 그쪽과는 더 이상 볼일이 없어진다.

조금 흥미가 생기자마자 업무가 끝나는 셈이다.

이번에 홍보부가 갑자기 바빠진 이유는, 출시를 앞둔 신상품 3개에 대한 홍보를 한꺼번에 해야 했기 때문이다.

미국과 유럽에서는 제품이 단계적으로 풀려 문제가 없었지만, 한국 시장은 이런저런 문제들이 얽혀 출시가 늦어졌다.

본사의 입장에서 한국 시장은 무시하기는 어렵지만, 그

렇다고 매력적인 시장도 아니었다.

아시아 시장을 공략하기 위한 전략적 기지로 한국이 선택되었기 때문에, 계륵까지는 아니지만 제품의 출하가 상대적으로 늦다.

홍익미디어에 도착해서 장미옥 팀장을 찾았다.

그녀는 다른 모델들과 이야기를 나누고 있는 중이었다. 나는 뒤에서 그녀들의 이야기를 지켜봤다.

'아, 저 모델이었군.'

요즘 뜨고 있는 서현주.

배우이자 모델이기도 한 그녀는 작년부터 주가가 오르고 있다.

광고주들은 그녀의 스타일리시한 모습과 잡음 없는 사생활을 선호했다.

배우니, 얼굴이 아름다운 것은 말할 필요가 없었다.

장미옥 팀장이 나를 보았는지 아는 체를 한다.

살짝 고개를 숙이자, 그녀가 모델과 함께 내게로 다가왔다.

"안녕하세요. 서현주예요."

"아, 네. STL의 김이열이라고 합니다."

나의 어정쩡한 인사에 서현주가 '풋' 하고 웃었다.

21살의 그녀는 작년에 영화 한 편을 히트 쳤고, 올해는 그녀의 해라고 할 정도로 엄청나게 많은 CF 광고를 찍었다.

작년까지 경쟁사인 삼송의 모델이었다가, 그쪽과 계약 연장과 관련하여 좋지 않은 일을 겪었는지 우리의 광고 제의에 쉽게 응했다.

습관적으로 명함을 주자, 그녀는 받아 자신의 주머니에 넣었다.

마침 그녀의 매니저가 없었다. 있었다면 주지 못했겠지만.

장미옥 팀장과 기술적인 이야기를 하는 중이라, 매니저들은 모두 밖에 있었다.

"히힛, 전화하면 밥 사주시는 건가요?"

"밥이야, 뭐. 요즘 바쁘시던데 시간이 나겠습니까?"

"하긴, 요즘 회사가 나를 너무 부려 먹는 거 같아. 뭐 그래도 힘든 일보다는 CF 위주로 돌리니까 할 만은 해요."

"어머, 잘 어울린다. 현주 씨도 키가 큰데 이열 씨도 상당히 크네. 나이 차는 좀 있지만……."

나이 차가 있다는 말에 서현주는 의아한 표정을 지었다.

"너보다 한참 오빠야."

"엉? 믿을 수 없어."

"남자들이 회사 직원이라고 하면 대학 졸업과 군대 문제가 해결이 되어야 하니, 무조건 너보다 올드하다고 보면 돼."

장미옥 팀장이 끝까지 나의 나이에 대해 친절하게 설명해 준다.

뭐, 28살도 나에겐 황송하긴 하다.

"아, 그럼 오빠라고 부르면 되겠네."

"그렇게 불러주면 나야 고맙지. 그런데 남자들이 나를 그냥 두지 않을 것 같은데."

상큼하면서도 약간 까진 듯, 명랑 발랄한 모습이 보기 참 좋았다.

단순히 돈을 벌기 위해서가 아니라, 배우 일을 즐기는 듯했다. 그래서 그녀가 출현하는 CF 광고가 밝게 빛났는지도 모른다.

나는 그녀와 가볍게 인사를 나누고, 한참을 기다려 장미옥 씨를 만날 수 있었다.

아무래도 시간이 걸릴 것 같으니 그녀를 소개시켜 준 모양이다.

뭐 대한민국의 남자들이라면 그녀에게 환장을 하니.

한참 장미옥 팀장과 이야기를 끝내고 나오는데, 서현주가 손을 흔든다.

이런 성격에 남자들이 가는 것이겠지.

나는 그녀의 촬영을 지켜보다, 커피를 마시려 나왔다.

거래처 직원이다 보니 사무실에 가면 차를 주긴 하지만,

복도에 설치된 커피가 맛은 없어도 마음은 편했다.

"오빠, 내 것도."

"……?"

"오빠, 진짜 촌스럽다."

"어떻게 알았지, 그거 내 컨셉인데."

그나저나 대한민국의 최고의 배우와 이야기를 두 번이나 하다니, 운은 좋다고 봐야 했다.

"풉!"

다시 웃음이 터졌다.

아, 이 아이는 사교성이 좋구나, 하는 생이 들었다.

그리고 호르몬 분비에 의해, 그녀가 사랑을 하고 싶어 하는 나이라는 것을 눈치챘다.

그러나 나는 언감생심이다.

"자, 커피. 난 컨트리해서, 아메리카노 이런 거는 안 사 줘."

"정말요?"

"사실 미인이 사 달라고 하면 마음이 흔들릴 것 같기도 해."

"하하하."

현주는 마치 남자아이처럼 웃었다.

나는 그녀를 보며, 저번에 만난 진미가 생각났다.

어쩜 이렇게 완전히 반대의 성격일 수 있을까?

그 아이에게 다이아몬드라고 해줬지만, 지금 이 여자야 말로 모든 남자의 눈에 다이아몬드처럼 빛을 발하고 있지 않은가?

"오빠, 나 같은 미인을 옆에 두고 딴생각을 하다니. 흥이 다."

그녀는 삐진 표정을 짓더니, 다시 광고를 찍으러 안으로 들어갔다.

표정만 그렇다는 것은 알지만, 왠지 미안해지는 기분은 단지 그녀가 예뻐서였다.

다른 이유는 있을 리가… 없지.

나는 아직 과거의 나와 지금의 나를 완벽하게 정리하지 못했다.

예쁜 여자를 보면 남자의 본능이 나타나기도 하고, 아빠나 아저씨의 포스가 나타나기도 한다.

뭐 아저씨라도 젊은, 또는 어린 여자를 싫어하는 것은 아니다.

그러나 그런 아이들은 가능한 공인된 장소, 돈 많이 드는 그곳에서 만나고 싶어 하지, 사회적 물의를 일으키면서까지 하고 싶은 생각은 없다.

물론 마음으로야 짜릿한 연애를 꿈꾸기도 하지만, 마음

속으로야 뭔들 못 하겠는가?

나는 흐뭇한 미소를 지으며 회사로 돌아왔다.

옆자리의 차인범에게 '나, 아까 서현주하고 인사했다' 고 하자, 그는 '뭐요?' 하고 소리를 질렀다.

덕분에 사무실 안의 사람들이 모두 우리 둘을 쳐다보았다.

"아, 죄송합니다."

그는 허리까지 굽혀 사과를 했다. 그리고는 나에게 물었다.

"사인 받았어요?"

"그런 걸 왜 받아요?"

"뭐……?"

우리의 이야기를 들었는지, 이미주의 얼굴 표정이 안 좋았다.

나는 얼핏 그녀의 얼굴에서 핏기가 사라지는 것을 보았다.

'이 정도로 나를 좋아하진 않았던 것 같은데.'

나를 좋아해 주는 그녀가 부담스럽기도 하고, 고맙기도 했다.

여자들이 왜 자기를 좋아해 주는 남자에게 야박하게 못하는지, 그 심정을 알 듯했다.

뭐, 그렇다고 내가 이 상황을 즐긴다는 것은 아니다.

나는 2달 후에 전 아내였던 김미영을 만날 생각이었다.

그녀와 다시 결혼할 생각은 없지만, 눈부시게 아름다웠던 그녀의 젊은 시절을 한 번 더 보고 싶은 마음은 어쩔 수 없었다.

내가 무엇 때문에 그녀에게 반했었는지 알고 싶기도 했다.

*   *   *

길을 가는데, 여자애들 둘이 다정하게 팔짱을 끼고 걸어온다.

"어, 오빠!"

"어?"

"와, 진미야. 이 오빠가 그 스파이더맨 오빠야?"

"응."

진미가 얼굴을 붉히며 대답했다.

'스파이더맨?'

불과 한 달도 채 안 되었는데, 진미는 밝아져 있었다.

"오빠, 바빠요?"

"그렇진 않아."

"우리 학교 가는데, 같이 가요."

"학교에는 왜?"

"그냥요."

"그러자."

불안한 마음이 들기는 했지만, 밝아진 진미의 모습이 좋아 선뜻 허락하고 말았다.

사실 말랑말랑한 핏덩이에게 오빠라는 소리를 듣는 게 고마워서 가는 거다.

"오빠, 그때 오빠 말 듣고 아이들에게 한턱 쐈어요. 그랬더니 이렇게 친구도 생겼어요."

"아, 그럼 이 친구가 그 유명한 빵 친구냐?"

"히히, 빵 친구래."

귀엽게 생긴 여자애가 웃기다고 깔깔거린다.

맑은 모습으로 자란 것을 보니, 부모가 얼마나 귀하게 여기며 키웠는지 알 듯했다.

불현듯 찾아온 아들 민우의 환상에, 나는 어깨를 털고 몸을 떨었다.

"오빠, 오줌 마려우세요?"

"아니다."

나는 당황한 표정으로 아이들을 바라보았다.

숙녀와 아이 사이의 애매한 경계선에 서 있는 아이들, 몸도 마음도 어중간하다.

　길쭉한 몸이지만 볼륨감은 하나도 없는, 귀여운 모습이 아직은 얼굴에 그대로 묻어나는.

　"얘는 나미예요. 김나미."

　나는 그 동그랗고 귀여운 얼굴을 보고 그 자리에서 빙글 빙글 돌았다.

　"뭐하세요?"

　"네 이름하고 닮은 가수가 있어. 그녀의 히트곡이 있어."

　"혹시 나미?"

　"어떻게 그 이름을 알아?"

　그 아이, 나미는 어떻게 모를 수가 있냐는 표정으로 말했다.

　"우리 이모인데 어떻게 몰라요. 나, 참."

　"뭐어……?"

　이번엔 내가 놀랐다. 본명이 김명옥으로 알려진 그녀는 80년대를 휩쓴 가수다. '빙글빙글'이나 '인디언 인형처럼'은 아직도 아는 사람이 많다.

　"호호호. 우리 이모가 유명했기는 했구나."

　"그렇다고 팬까지는 아니었어."

　"왜요? 왜……."

　"난 노래를 그다지 좋아하지 않았거든. 가끔 들은 것으로는 슈베르트의 'Erlkonig', 즉 '마왕'이나 아니면 플라시도 도밍고의 'A Love Until the End of Time'도 듣기는 해."

"와, 오빠 잘난 체 되게 잘한다."

"쿨럭."

"노래해 봐요, 오빠. 그럼 믿어줄게요."

이 꼬맹이들이 믿어 준다고 뭐가 달라지지는 않지만, 나는 'Love Until the End of Time'를 불러주었다.

"I Love you with a heart that knows no one but you, A love I never thought I'd find, A love that comes but once and never comes again, A love until the end of time."

"와, 진짜 노래 못 부른다."

"쿨럭."

"히힛. 농담이에요. 정말 노래를 잘하시네요."

"흠, 넌 조종사의 자질이 충분한 아이구나."

"조종사요?"

"그래, 사람을 이렇게 들었다 났다 하니, 비행기 조종사 하면 되겠다. 하지만 승객들의 안전을 위해, 그리하지는 말아라."

내 말이 듣기 좋았던 모양이다.

나미는 기분 좋은 얼굴로 친근하게 '오빠는 집이 어디에요, 애인은 있어요?' 등등을 물어왔다.

꼬맹이들에게 잘해준 것이 순간 후회스러웠다. 내게 빚을 졌다고 느끼고 있는 진미가 구해줬다.

"저기요, 오빠 말대로 아이들에게 확 뿌렸어요. 이왕이면 폼이 나게, 신세계 백화점에서 가장 맛있는 빵을 사서 점심시간에 가져갔어요. 근데 막상 줄려니까, 심장이 벌렁벌렁하는 거예요. 그때 오빠가 나에게 해준 말이 생각났어요. 난 세상에서 제일 아름다운 다이아몬드일지도 모른다고. 그 말을 생각하니 용기가 났어요. 그래서 교단으로 나가 아이들에게 말했어요. 내가 한턱 쏜다고, 먹고 싶은 사람은 먹고, 싫은 사람은 관두라고 했는데 아이들이 빵을 보더니 서로 받아 가더라고요. 호호."

"그럼 그 애들은 너를 안 괴롭히니?"

"아뇨, 여전히 빵을 사다 바치고 있어요. 하지만 예전처럼 함부로는 안 해요."

진미는 소위 삥을 뜯기면서도 행복한 표정을 지었다.

그럼 된 거다. 돈이란 벌기는 힘들지만 목숨만큼 대단한 것은 아니니.

언젠가 이 꼬맹이를 괴롭힌 아이들도 깨닫게 되겠지. 더 이상 그런 방법이 안 통하는 시간이 온다는 것을.

학교에는 저번보다 많은 아이가 있었지만 여전히 한산한 편이었다.

학교는 아파트 안에 있는데, 개방하는 시간이 짧아 주민들이 자주 오지 않는 편이었다.

"오빠, 보여주세요."

나미가 한사코 나에게 그 스파이더맨을 하란다.

나는 난처했다. 못할 것은 없지만, 삐끗하면 상당히 위험하기 때문이다.

전문적인 알피니스트가 아니니, 겨우 빙벽을 오를 실력이 있을 뿐이다.

"거긴 위험하고 음, 저것으로 보여줄게."

나는 운동장 안에 있는 가로수를 보며 말했다.

나무와 나무 사이에 3미터 정도의 간격이 있어서, 밑으로 반동을 이용하면 충분히 가능할 것 같았다.

나는 K2의 빙벽을 생각하며 나무 위로 올라갔다.

순식간에 4미터 정도를 오른 후에, 건너편 나무로 뛰었다.

피켈은 없지만 저 정도의 거리면 어렵지는 않았다.

아이젠도 없지만, 발끝에 힘을 주고 한 손으로는 나무를 잡았다.

그림은 제법 나오는지, 밑에서 꼬맹이들이 와, 하고 감탄을 했다.

나는 망설이지 않고 건너편 나무로 뛰었다. 당연히 성공

이었고, 아이들은 자기들 동네에 스파이더맨이 나타났다고
즐거워했다.

'이 나이에 잘하는 짓이다.'

나는 아이들이 놀라면 놀랄수록 창피해졌다.

어쨌든 건강하게 바뀐 진미를 위한 나만의 퍼포먼스라고
생각하고는, 어린 꼬맹이 숙녀들과 헤어졌다.

밝아진 진미를 보니 마음이 따뜻해졌다.

누구에게 말을 할 수는 없지만, 나로 인해 아름다운 영혼
이 죽음에서 돌아와 행복을 찾았다는 것이 자랑스러웠다.

*　　　　*　　　　*

집에 돌아왔더니 맞선 자리가 들어왔다. 사진에는 아름
답게 빛나는 김미영의 모습이 있었다.

'아, 마침내 만나게 되는구나.'

김미영, 상아 제약의 둘째 딸.

나쁘지 않은 스펙인데 왜 이병천의 미래 그룹은 그녀를
거부했는지 이해가 가지 않는다. 내가 모르는 비하인드 스
토리가 있는지.

지금 봐도 아름다운 얼굴이었다. 그러니 나를 사랑하지
않는다는 것도 모르고 허겁지겁 결혼을 했으리라.

나는 오랜만에 자크 에반튼의 유물들을 꺼내 보았다.

이미 한 번 본 것들이지만, 그동안은 정신적인 여유가 너무 없어 내버려 두었었다.

마법 책과 마나석, 드래곤 하트, 알지도 못하는 희한한 것 등이 나왔다.

지금은 마법 책이 가장 중요했다.

드래곤 하트는 자크 에반튼이 드래곤을 무자비하게 사냥을 해서 노획한 것들로, 무려 3개나 있었다.

'쩝, 이러니 드래곤 로드에게 죽지.'

사람이란 무릇 정도껏 해야 한다. 그렇지 않으면 항상 보복을 당하게 되는 법이다.

리치칼튼 호텔 커피숍에서 그녀를 만났다.

단아한 모습과 청순미까지 겸비한 모습에 다시 가슴이 설레는 것은, 내 심장이 너무 저열하게 싸구려기 때문이다.

"김이열이라고 합니다."

"김미영이에요."

우리는 잠시 일어서서 서로에게 소개를 했다.

나는 말없이 그녀를 바라보았다.

코치 스카프에, 초콜릿 색상의 구찌 토트백을 가지고 나왔다.

나는 그녀가 왜 첫 만남에서 그렇게 빛났는지 알아버렸

다. 튀지 않는 명품으로 코디를 했으니, 외모가 더 빛이 났던 것이다.

나는 명품을 사긴 해도, 그다지 관심이 없었다. 주로 선물이 들어오면 착용하고, 아니면 마는 식이었다.

아주 가끔 격식을 차려야 하는 자리가 아니면, 청바지에 재킷 하나 걸치고 다니는 것을 좋아했다.

"뭐하시겠어요?"

"커피 하겠어요."

그녀의 말대로 커피를 시키고, 내가 아메리카노를 주문하자 그녀가 웃었다.

"에스프레소는 몸에는 좋을지 몰라도, 한약 같은 느낌이 들어서요."

나의 말에 그녀가 웃었다. 이 여자의 웃음은 매력적이다. 정체를 알면서도 이런데, 그때는 정말 정신이 없었지.

그녀는 자신을 가꿀 줄 아는 여자였고, 적당히 허영도 있고 단아함도 있었다. 속물이긴 하지만 과하지 않기에, 욕을 할 정도는 아니었다.

"전공이 뭐였어요?"

"아, 영문학요."

물론 알고 있었다. 경영학을 전공한 나는 가끔 인문대를 갈 일이 있으면, 영문과와 불문과 사무실을 거쳐 지나가곤

했다.

확실히 예쁜 여자애들이 많은 영문학과다. 써먹기도 좋고, 말하기도 나쁘지 않고. 나는 그녀의 소녀 감상이 생각나서 물었다.

"소설을 쓰지 그래요? 영어로 된 소설이요. 잘 어울릴 것 같아요."

"소설이요?"

"이를테면 해리포터와 같은 소설. 상상력이 엄청나잖아요. 필력이 조금 떨어져도, 그다지 어렵지 않을 것 같은데요."

1997년에 처음 출간되어 2007년에 완간되기까지, 67개 언어로 번역된 해리포터는 4억 5천만부가 팔렸다.

특별히 노벨 문학상을 탈 정도의 필력은 아니었다. 조앤 K. 롤링은 불문학을 전공했지만 필력에서 호평을 받지 않았다.

나의 말을 들은 그녀가 웃었다.

"우리나라 사람은 영어로 된 소설을 잘 못 써요."

"왜죠?"

"너무 고급 단어만 알고 있어서요. 소설이 그런 단어들로만 이루어진다면, 사람들은 화가 나서 첫 페이지만 읽다가 집어던질 거예요."

"아, 그렇군요."

그녀는 발레, 오페라, 미술 등 다방면에 상당한 지식을 가지고 있다.

한마디로 정원의 아름다운 꽃이었다. 잘 정리된 정원에서, 누가 봐도 돋보이는 그런 아름다운 꽃.

그녀는 즐겁게 이야기를 했다. 표정 어디에도, 이병천의 그림자는 보이지 않았다. 내가 아는 그녀가 아닌가, 싶을 정도로 달랐다.

'젠장, 이럴 줄 알았으면 안 만나는 건데.'

오히려 헷갈리기만 했다.

그녀에게는 익숙함과 편함이 있고, 그런 그녀를 두려하는 마음이 있었다. 틀어지기 전까지의 결혼 생활은 그다지 나쁘지 않았었다.

저녁을 먹고 헤어지는 그녀에게 말했다.

"사랑하는 분 있으시죠?"

내 말에 그녀가 움찔거린다.

"아름다운 분이니까요. 있을 것이라고 생각했어요."

그녀는 나직하게 아, 하고 한숨을 내쉬었다.

나름 생각을 정리하고 나온 듯 보였지만, 사랑이 정리한다고 정리되는 것이 아니지 않는가?

"먼저 그분하고 완전하게 끝내세요. 이렇게 아름다우신

분이 과거에 매달려 현실을 잊어 먹으면 곤란하죠."

"누, 누구신가요?"

그녀는 당황했는지, 말끝이 떨려 왔다.

"마법사의 눈으로 보면, 사랑에 빠진 여자의 눈동자는 다르거든요."

나는 거짓말을 했다. 그녀의 암갈색 눈이 사정없이 흔들렸다.

"너무 대단한 사람을 만나면 당신은 불행해져요. 아니면 그 사랑을 끝까지 지키든가요. 이렇게 다른 사람을 만나면 그분 마음이 아프겠죠. 그리고 가장 아픈 사람은 당신입니다. 그러니……."

"그러니……."

"운명적 사랑이라는 속삭임에 귀를 기울이지 말고, 당신의 마음을 움직이는 진실한 사람을 만나세요."

나는 그녀의 불행이 소녀 같은 순수함과 집요함 때문이라고 생각한 적이 있다.

모든 미인을 불행하게 만드는 치명적 결함들을 바라보며, 그녀의 행복을 마음속으로 바랐다.

그녀를 집 근처까지 바래다주고 집으로 돌아오니, 아버지와 어머니가 웃으며 맞이해 주신다.

누나는 아직도 집으로 돌아가지 않고 친정에서 몸조리를

하고 있었다.

"동생, 여자 쪽에서 네가 맘에 꼭 든대."

'이건 뭐지?'

떼어 내려고 한 나의 말이 그녀의 자존심에 불을 질렀을까? 그럴 리가 없는데.

나는 고개를 주억거렸다. 그녀는 도도한 여자였다. 나와 게임이라도 하려고 그러나?

아무리 생각해도 이해가 되지 않았다. 과거와의 인연을 끊기 위해 만났는데, 그것이 올무로 변하는 순간이었다.

매력적이고 아름다운 여자가 좋다고 달려들면, 뭐 그래도 도망가야겠지만, 말이 안 되는 상황이다.

그녀는 이영애의 단아함과 김태희의 도도함을 닮았다.

연예인이 아니니 조금 처지지만, 그렇게 많이 처지지도 않는다.

20년 전 그녀를 처음 본 순간, 이 여자라면 목숨이라도 걸 수 있어, 하는 생각을 했을 정도였다. 그녀의 미모나 분위기만큼은 정말 거짓이 아니다.

샤워를 하고 일찍 잠자리에 들었다. 아침에 일어나니 그녀에게 문자가 와 있었다.

[어제는 잘 들어가셨어요?]

'이거는 낚시 밥인데.'

나는 알면서도 답장을 해줄 수밖에 없었다.

[덕분에.]

예전이라면 이렇게 싸가지 없는 문자질을 할 리 없지만, 나는 그녀를 알고 있으니까.

5장

드라마틱

회사에 가니 어제와 동일한 일과가 나를 기다리고 있었다.

　뭐, 그렇지. 회사에서 뭔가 서프라이즈한 것을 준다면, 이는 회사를 나가라는 소리다.

　회사는 놀이터가 아니기에, 놀랄 만한 일이 터지면 곤란하다.

　일과를 마치고 퇴근을 하는데, 서프라이즈한 일이 터졌다.

　회사 로비에 그녀가 있었다.

나는 약간 당황했다. 환하게 웃는 그녀를 보며, 마지못해 다가갔다.

"안녕하세요."

"아, 어제 보고 나서 다시 보니 할 말이 없네요."

"제가 너무 당돌하게 행동하고 있죠?"

"소크라테스세요?"

나의 말에 그녀가 얼굴을 찡그렸다. 그 모습도 예뻤다.

"주제 파악을 잘한다는 말인가요?"

"아니, 전 그렇게 원색적인 말은 할 줄 모릅니다. 자신의 행동에 대한 탁월한 통찰과 인식을 하고 있으며, 또한 상대로 하여금 고뇌하게 만드니까요."

"…네?"

그녀답지 않은 표정이 순간 나왔다.

"소크라테스는 산파술이라는 대화술을 만들었죠. 그는 끝없이 질문을 던져, 상대방으로 하여금 사유하게 하니까요. 그래서 마침내 그 사람은 진리에 도달하게 되지만, 그 과정이 상당히 고통스럽죠. 생각하는 게 철학자들에게는 재미가 있을지 모르지만, 저 같이 평범한 사람들에게는 쉬운 일이 아니니까요. 저는 고민스럽다는 말을 하려고 했던 거죠. 이렇게 아름다운 분이 제 회사를 방문해 준 이유가 뭘까? 나에게 이것은 의미가 뭘까 등등 자꾸 고민하게 만드시니 말이죠."

"확실히 저열한 말은 아니군요. 제가 착각했어요. 죄송해요. 말없이 찾아와서요."

"저녁이나 같이할까요? 물론 돈은 미영 씨가 내시고 계산은 제가… 썰렁하군요. 맛있는 집으로 모실 수는 있습니다. 그러나 얻어먹지 않으면 절대 안 가겠습니다."

"오늘뿐만 아니라, 한 달 내내 사 드릴 수도 있어요."

나는 그녀의 말을 듣고 가슴이 철렁했다.

이러면 정말 안 되는 거였다.

그녀는 나를 가지고 내가 알지 못하는 실험을 하려는 모양이다.

사실 나는 이런 스타일의 여자에게 한없이 약한 편이었다.

알량하게 배운 놈은 예쁜 여자의 적당한 허례와 가식, 그리고 진심이 담긴 따뜻한 눈빛을 만나면 바로 가버리는 경향이 있다.

우리는 저녁을 먹으러 가며 산책 겸 같이 길을 걸었다. 나를 노려보는 눈빛을 느끼고 돌아보니 미주 씨가 서 있었다.

'하아, 어쩌란 말이냐?'

나는 묵묵히 그녀와 함께 길을 걸었다.

그녀는 오늘 유쾌해 보였다.

뭐 이런 겉모습에 현혹되지는 않겠지만, 그래도 좋아 보였다.

그녀는 나로 하여금 히말라야로 가게 만든 여자다. 이렇게 선한 웃음을 지으면 안 되는 것인데.

밥을 먹은 후에 우리는 커피숍으로 왔다.

사람들이 그녀를 쳐다보았지만, 그녀는 익숙한 듯 덤덤했다.

아름다운 여자로 태어나게 되면 사람들의 눈길에 무덤덤해지는 법을 가장 먼저 배우게 된다. 사람들은 아름다움을 탐내고 숭배하므로.

"왜 제가 회사에 찾아왔는지 아세요?"

"그거까지는 모릅니다."

"아, 마법사도 모르는 게 있군요."

나는 그녀의 말을 듣고 속으로 웃었다.

'이런, 젠장이다. 그 말을 믿을 줄이야.'

소녀 같다는 것을 알고는 있었지만 그냥 웃자고 한 말을 진지하게 받아들이는 그녀를 보자, 알 수 없는 묘한 감정이 가슴을 송곳으로 쑤시듯 찌른다.

이렇게 어벙한 여자가 최고의 명문대 영문과를 나왔다는 것이 믿기지 않는다.

"사랑하는 사람, 어떻게 하면 잊을 수 있을까요?"

"왜 잊지 못하고 있죠?"

"그는 지금 너무 불안해하고 있어요. 그 사람… 버림받을까 두려워하고 있어요."

"무슨 말이… 죠?"

"그는 홍길동이에요."

"홍길동? 그 호부호형을 못한다는 그 사람?"

"네."

이제야 과거의 얽힌 실타래가 한 겹 벗겨지는 느낌이 들었다.

이래서 헤어졌구나.

이들의 사랑도 참 딱하긴 하지만, 동정심을 가져서는 안 된다.

"그 사람은 욕심이 많군요. 사랑도 얻고 야망도 성취하고 싶어 하고. 짜릿하지만 비극적이네요. 나는 한 3조 정도 받으면 고려해 볼 사랑입니다."

"그렇게나 많이요?"

"많이 받고 싶다는 것이 아니라, 그만큼 싫다는 거죠."

누가 나에게 3조를 주겠는가? 하늘이 뒤집어져도 그럴 일은 없다.

이야기를 나누며 커피 마신 뒤, 나는 그녀를 집까지 바래다주었다.

그 남자보다 내가 먼저 이 여자를 만났으면, 우리가 행복할 수 있었을까?

잠시 생각해 보니 대답은 '그렇다' 였다.

그녀는 그다지 악의가 있는 사람이 아니었고, 객관적으로 보면 선한 구석이 더 많은 편이었다. 집착이 유난히 강한 것이 흠이었다.

사람이란 여유 있게 사물을 바라봐야 진실을 알 수 있다.

이것이다 하면 그것만 봐서, 주위를 전혀 살피지 못하는 그런 스타일의 여자. 그리고 이런 부류의 여자가 의외로 많다.

이렇게 말하면 내 얼굴에 침 뱉는 격이다.

과거 나도 이 여자의 외모에 혹해서 결혼을 서둘렀으니.

아침에 일어나니 그녀에게 문자가 와 있었다.

[어제 재미있었어요. 잘 들어가셨어요?]

나는 픽, 하고 웃었다.

나는 어제처럼 [덕분에.] 하고 문자를 보냈다.

*   *   *

회사에 도착하니 분위기가 좋지 않았다.

왜인가 했더니, 미주 씨에게서 풍겨 오는 어둠의 아우라가 엄청났다.

어쩐지 회사 오기 싫더라니. 나는 할 수 없이 외근을 자청했다.

부서를 나서자 그녀가 흥하고 콧방귀를 뀌었다.

서늘하고 싸늘한 그녀의 태도에, 나는 꼬리를 내리고 회사를 나왔다.

'젠장, 수원까지 또 어떻게 가?'

수원의 삼영 전자에 가서, 제품에 대한 견해를 듣고 오라는 것이었다.

본사 차원에서 진행하는 일은 아니고, 삼영 반도체가 우리 회사의 제품과 호환성이 있는지를 알아보는 것이었다.

호환성이 좋으면 거래처를 바꿀지 어떤지는 나도 모른다.

회사 입사 1년 차가 알기에 그것은 너무 깊은 내용이었다.

"이러나저러나 엄청 깨지겠군."

나는 말없이 택시를 타고, '수원, 삼영 전자 반도체로 가주세요' 했다.

택시 기사는 오랜만에 장거리 손님을 만나서인지 신나게

달렸다.

가면서도 이게 정말 기획실의 일이 맞는지 의심스러웠다.

뭐 단순한 의견 청취니. 결론이 나면 정식으로 보고서를 작성하겠지.

원래는 이과 계열의 장상국 씨가 가야 했으나, 내가 졸라서 가는 길이었다. 그러니 깨지는 것은 불을 보듯 뻔하다.

전화로 장상국 씨와 통화를 하고는 주의할 점을 들었었다.

나는 삼영 전자에서 나오면서 안도의 한숨을 내쉬었다.

내가 제대로 설명을 못 알아듣자 담당자가 간단히 설명을 하고는, 테스트한 내용을 봉투에 봉해 건네주었던 것이다.

'살았다.'

샐러리맨의 비애까지는 아니었지만 순간 긴장이 확 풀렸다.

장상국 씨에게 주고, 보고서를 작성하도록 하면 됐다.

어차피 개괄 설명이야 나도 알아들었으니.

데이트도 한 번 못해 본 여자를 피해 도망 나온 비참한 현실이 괴로웠다.

내가 그녀에게 뭐라 할 수 없다.

나에게 직접 말한 것도 아니고, 단지 그녀의 심정이 그렇다는데.

왜 그러냐고 따질 수 있는 분위기가 아니었다.

그녀의 마음을 모르진 않지만 사귀는 사이가 아니니, '미영이와 그런 관계가 아니다'라고 설명하는 것도 문제가 있었다. 사람 꼴이 우습게 되는 것은 한순간이었다.

나는 회사에 돌아와 장상국 씨의 어깨를 툭 쳤다.

그는 자리에서 일어나 말없이 사원 휴게실로 따라 나왔다.

"갔던 일은 어떻게 되었어?"

"내가 못 알아들으니까 그냥 자료를 주던데."

"호, 잘 보였나 보네. 걔네들 자료 잘 안 주는데."

"그래?"

"그렇지. 아마도⋯⋯."

"내 대신 일 좀 해줘. 밥 살게."

"그러지 뭐. 어려운 일도 아닌데. 그런데 미주 씨랑 무슨 일이 있어?"

'헐? 생긴 것은 곰처럼 생겨 놓고 눈치 하나는 여우 빰치네.'

"글쎄? 그냥 분위기가 무거워서 내가 간다고 한 거지. 요즘 외근 나가는 데 버릇 들었나 봐."

"하긴. 서현주 씨를 만나고 그랬으면 그럴 만하지. 다음에 혹시 만나게 되면 사인 좀 부탁해."

"알았어. 어려운 일은 아니지. 혹시 사인 못 하는 병 걸렸다고 하면 어쩔 수 없고."

"그럴 리가 있나."

나는 자리로 돌아와 태연하게 업무를 보았다.

어쩌겠는가, 잘리기 싫으면 일은 해야지.

내가 하도 설설 기는 모습을 보여서인지, 그녀의 화가 많이 풀린 듯했다.

그 모습을 보며 '그럼 그렇지, 우리는 별 사이도 아닌데'했다.

*　　　　*　　　　*

이상한 일을 당하니 쓸데없이 헛생각이 자꾸 든다.

이참에 소설이나 써 볼까 하는?

일단 아는 사람을 모두 동원하면 한 1,000권은 팔리지 않을까 싶었다.

조앤 K. 롤링이 해리포터와 마법사의 돌을 출판할 당시 초판이 불과 500부에 지나지 않았으니.

그것도 해리포터를 쓰기 시작한 지 7년 만에 책으로 나온 것이었다.

4억 5천만 부나 팔린 책의 출발치고는 너무나 초라하지 않은가? 한 몇 달간은 그녀를 이겨 볼 수 있을 것 같았다.

세상일은 모르는 거다.

판매 부수에서 위대한 소설이 무려 12번의 거절을 당한다.

블룸즈버리 출판사가 500권을 출판한 후에, 미국의 스콜라스틱 출판사가 10만 5천 달러에 판권을 확보하게 된다.

이 책을 발굴한 아서 레빈은, 해리포터와 마법사의 돌로 초판을 5만권 발행한 다음 대히트를 치게 된다.

쥐도 못 먹는 놈들이 12명이나 있었고, 블룸즈버리는 책까지 발행해 놓고 빼앗겼다.

행운이 다가와도, 그것을 분별하는 능력이 없으면 아무 소용이 없다.

행운은 준비된 자에게만 찾아온다는 속담이 맞는 것 같았다.

나는 새롭게 만난 김미영을 통해, 그동안 내가 놓쳐 왔었던 것들을 점검했다.

분노와 질투로 눈이 멀었던 그 어리석은 일을 두 번 다시 당하지 않으려면, 보다 더 현명하게 처신해야 한다.

비범함은 평범함에서 온다.

이 말은 평범한 일상도 그것을 이해하고, 그 가치를 알아보는 눈이 있다면 비범해진다는 뜻이다.

[오빠?]

"누구세요?"

대뜸 걸려 온 전화에, 오빠라고 할 여자는 단언하건대 없었다. 나는 누나밖에 없으니.

[너무했다. 밥 사준다면서. 미인이 부탁하면.]

"그건 아메리카노였죠. 밥은 아니었던 것 같은데⋯⋯."

나는 자리에서 일어나 휴게실로 갔다. 사무실에서 개인 전화는 아무래도 눈치가 보였다.

[커피는 됐고요, 밥이나 사주세요.]

"시간이 되나 보죠?"

[히히히, 시간이야 만들면 되는 거죠. 히잉. 너무해. 밥 살 거죠?]

"언제요?"

[지금요.]

"나, 회사인데⋯ 요"

[나 그 회사 로비에 있어요]

"헐."

무슨 해괴망측한 일이 벌어지는지 정신이 멍해졌다.

어제는 김미영이 찾아오고, 오늘은 서현주가 찾아왔다.

서둘러 1층에 가보니 오, 마이 갓, 마스크도 안 쓴 서현주가 태연하게 로비를 서성이고 있었다.

주변에서 사람들이 '맞지? 맞을 거야'라며 수군거렸다.

나는 뛰어가 그녀를 데리고, 비상구 계단의 한쪽 구석으로 갔다.

"아니, 이러고 오면 어떻게 해요? 모자라도 쓰고 와야죠."

"메이크업 안 하고 왔는데. 그러면 사람들이 잘 몰라보던데요."

"정말 오, 마이 갓이네요."

이렇게 예쁜 모습으로 와 놓고, 무슨 메이크업을 안 했다고 하는 건지. 하여튼 여자들이란.

"마침 잘 왔어요. 사인 한 장 해주세요."

"오, 드디어 내 팬이 되기로 했군요."

"꿈 깨세요. 우리 부서에 현주 씨 광팬이 한 마리 서식하고 있어서, 그분 드릴 겁니다."

"쳇, 삐질 거다."

"그럼 잘 가세요. 기자들에게 걸리지 말고요."

"아이, 왜 그래요?"

이거 뭐 과거로 회귀하면서 내가 용가리 통뼈를 삶아 먹었나?

아, 먹긴 먹었구나. 드래곤 하트를. 배고파서 먹긴 먹었는데 그게 여성들에게 어필할 리가… 당연히 없지.

개미도 아닌데, 이성을 현혹시키는 페르몬을 마구 방출하는 것도 아닐 테고.

결국 나는 서현주에게 끌려 나갔다. 요즘 내 주위에서 일어나는 일에 정신을 차릴 수가 없었다.

이전에는 여자들에게 인기가 별로 없었다.

얼굴이야 좀 생기긴 했지만 뭐 음침하다나, 그래서 관심이 도무지 안 생긴다고 여자들이 말하곤 했었다.

'아, 내일 시말서 써야 하는군.'

그 생각을 하자 정신이 번쩍 들었다.

그럴 수는 없었다. 샐러리맨의 비애를 느끼며, 서현주를 근처 커피숍에 던져두고 다시 회사로 왔다.

시말서는 연봉 협상 때 치명적이다.

애인도 아니고, 안면 한 번 튼 연예인 때문에 불이익을 받을 수는 없다.

우리 회사는 자유로운 편이지만 한 번 서류로 작성되면 기록 삭제가 안 된다.

나는 얼른 조퇴를 신청했다.

퇴근 시간 1시간을 남겨 놓고 이 무슨 짓이란 말인가? 그러나 조퇴가 아니면 나갈 방법이 없었다.

1시간 전에 상사의 비호하에 퇴근하는 것 따위, 우리 회사에는 결단코 없다.

연예인만 아니라면 사람들에게 맞고 있어도 간섭 안 했을 텐데.

내 아들보다 조금 나이가 많은 현주에게는 별다른 생각이 안 든다.

단지 그 무한히 밝은 에너지가 넘치는 아이를 보면 미소가 나오긴 했다.

커피숍으로 들어가니, 이미 그녀는 사람들에게 둘러싸여 사인을 한창 해주고 있었다.

'돌아가시겠군.'

나는 얼굴을 가리고 다가가, 사람들을 밀치며 그녀를 그곳에서 꺼냈다.

"그런데 여긴 웬일이에요?"

나는 호기심을 참지 못하고 물어보았다.

"이 근처에서 촬영하고 있어요."

"뭐요?"

"내 신은 5시간 후라서, 대기 타다가 심심해서요. 마침 오빠가 준 명함이 생각난 거야. 오빠네 회사 건물이 이곳에서 좀 유명하니까."

"망했다."

"크크크."

이젠 이 아가씨가 남의 불행까지 즐거워하네.

뭐, 목숨을 걸고 회사 생활을 하는 것은 아니니 이 정도 쯤이야 받아들일 수 있다.

워낙 유명한 연예인이니. 이참에 나도 사인이나 한 장 받아 볼까 하는 생각을 했다.

이현주 씨 덕분에 조금 밝아진 것 같다는 느낌을 받았다.

시간이 지나면서 과거의 물이 점점 빠지고 있었다.

이 말은 진중한 나의 47살의 연륜의 무게도 같이 빠지고 있다는 뜻이다.

그럴 수밖에 없는 것이, 28살로 몇 달을 살다 보니 이제 어느 정도 적응이 됐다.

밥을 다 먹어 갈 즈음, 현주의 매니저가 그녀를 찾으러 왔다.

그녀는 매니저를 보자마자 자리에서 일어났다.

"사실 촬영하다가 도망 왔어요. 그래도 내 차례는 좀 남았었는데. 지금은 그냥 갈게요. 다음에 봐요."

나는 신발을 신고 뛰어가는 그녀를 보며, 배가 무척이나 고팠구나, 라고 생각하기로 했다.

그녀를 보내고 혼자 술을 시켜 마셨다.

밥집에 무슨 좋은 술이 있겠는가? 그냥 혼자 소주 마시기가 그래서 복분자술을 마시고 있는 중이다.

'홍길동이라. 정말 그럴까?'

정말 이병천이 후처의 자식이라 그녀를 포기했을까 하는 의문이 생겼다.

그는 비정한 사람이었다. 자신의 자식의 죽었음에도, 그 무덤도 찾지 않았던.

나는 작은 수첩을 꺼내 'Lee' 라고 쓰고, 그 밑에 내가 김 미영을 만나 알게 된 사실을 적어 나갔다. 느낌이나 추론도 첨가하여 적었다.

지금 미래 그룹은 재계 서열 32위다.

관심이 없어 언제 20위에 올랐는지는 모르지만, 재계 서열은 그렇게 쉽게 올라가는 게 아니다.

모든 회사가 총력을 펼쳐 뛰고 있으니, 사소한 순위 변화는 있겠지만 특별한 일이 없으면 거의 고정 불변이다.

32위 그룹이 계속 치고 올라갔다면 그것이 의미하는 바가 무엇일까 생각해 보았다.

재계 서열이라는 것이 위로 올라갈수록 총액 규모가 커져, 밑에서 치고 올라가기 거의 불가능하다는 것은 알 만한 사람들은 안다.

'아마도… 아니겠지.'

나는 고개를 주억거렸다.

설마 그럴 리는 없겠지. 나는 그 남자의 부인을 생각해 보았다.

별다른 것이 생각나지 않는다. 그녀의 집안이야 당연히 대단하지만, 워낙 조용했던 여인이라 세간에 알려진 바가 거의 없었다.

만약 나의 추측이 사실로 드러난다면, 정말 그래서는 안 되지만, 그녀도 그냥 그가 갖고 논 것이 된다.

그런데 그게 가능할지 모르겠다. 연기자도 아니고, 김미영이 좀 맹한 구석은 있어도 그렇게 멍청한 여자는 결코 아니니 말이다.

술을 한잔 걸치니 기분이 좋아졌다.

알딸딸해지는 것이, 복분자술을 2병이나 마셨다. 길거리에 나오자 날이 벌써 저물어, 주변이 어두워지고 있었다.

길을 걷다 보니, 사람들이 모여 무엇인가 구경을 하고 있는 것이 보였다.

가까이 다가가자, 촬영을 하는 카메라와 조명이 있었다. 카메라가 메인과 함께 3대나 돌아가고, 조명도 여러 대였다.

'여기서 촬영을 하는가 보군.'

좀 더 가까이 다가가자, 연기를 하는 배우들의 모습이 눈에 들어왔다.

"컷."

"NG. 잠시 쉬고 다시 가지."

감독의 컷 소리가 끝나고, 나는 현주를 보았다.

그녀는 거듭된 NG로 힘들어하고 있었다.

가까이 다가가자 나를 수상히 여긴 남자 스텝이 앞을 막아섰다.

뭐 그렇겠지, 술 취한 놈이 슬금슬금 주연 여배우에게 다가가고 있으니.

고개를 숙이고 있던 현주가 나를 발견했는지 밝게 웃었다.

"여기는 웬일이에요?"

"아, 현주 씨, 아는 분이셨어요?"

"네에."

"힘든가 보군요."

"네, 자꾸 NG가 나요. 하도 해서 이제는 기운이 다 빠졌어요."

"흠. 몇 번 NG가 났는데요?"

나는 상큼하고 발랄한 그녀가 침울해 있는 것이 불쌍하게 보여 물어봤다.

그녀는 풀이 죽은 얼굴로 대답했다.

"벌써 11번째예요."

"'시티 라이트'라는 영화에서 장님 소녀인 버지니아 셰릴이, 부랑자를 부자로 알고 꽃을 파는 장면을 무려 342번 재촬영했다는 거 알고 있어요?"

그녀가 '정말요?' 하고 묻는다.

어떻게 그렇게 많은 NG를 낼 수 있느냐는 표정으로 내 얼굴을 바라본다.

나는 어깨를 으쓱하며 사실이라는 표시를 했다.

"그냥 어디서 본 내용인데, 유독 많이 했죠. 그 외에도 마릴린 먼로는 '버번 위스키 어디 있어요?' 라는 단순한 대사를 59번이나 실수했었죠. 마음이 불편하면 NG가 나는 법이니, 편안하게 하세요. 상대방의 실수도 과정이라 가볍게 생각하고요."

"완전 용기가 생긴다."

현주가 두 주먹을 꽉 쥐고 파이팅을 외친다.

실수는 어디서든 계속된다.

영화에서 NG는 다시하면 되지만, 우리의 삶은 대부분 반복 불가다.

하지만 삶은 영화보다 더 드라마틱하여, 어지간하면 NG가 나지 않는다.

왜냐하면 우리의 삶은 영화의 대본처럼 정해진 것이 아니니까.

내 삶에 NG가 났다면 당연히 나는 여기 있으면 안 된다.

여기 있는 것 자체가 나에게는 NG니까 말이다.

감독이 '컷, 다시!' 를 외치면 나는 20년 후의 그 호텔 방으로 되돌아가야 한다. 그것은 별로 생각하고 싶지 않았다.

우리의 인생은 NG가 없다.

그래서 짜릿할 수밖에 없다. 잠시 재미없다고 만화책을 스킵하여 읽듯이, 시간을 건너 뛸 수 없다.

현주는 두 번의 NG 끝에 오케이 사인을 받았다.

그녀가 모니터를 보며 '와우!' 하고 환호했다. 감독도 마음에 드는지 웃었다.

그녀가 나를 향해 환하게 웃으며 손을 흔들었다.

사람들이 나를 바라보았으나, 나는 그곳을 떠났다.

*   *   *

그렇게 집으로 돌아오는 길에, 나는 갑자기 머리를 맞고 쓰러졌다.

그다지 술을 많이 마시지도 않았는데, 일명 퍽치기를 당한 것이다.

순간 정신을 잃고 쓰러졌다가 다시 일어났는데, 머리 뒤에서 피가 흘러내렸다.

순간 참을 수 없는 분노를 느꼈다.

지갑도 휴대폰도 빼앗긴 채였다. 옷마저 빼앗기지 않은 것이 다행이었는데, 아마도 시간이 이른 때라 퍽치기를 하는 놈들이 서둘러 떠난 것 같았다.

시계까지 없어졌지만, 반지는 그대로 있었다.

빼앗으려다가 빠지지 않아서 그대로 두고 간 듯했다. 각성을 했기에, 그 누구도 내 의지에 반하여 빼앗을 수 없는 반지다.

머리에서 흐르던 피는 멈췄지만, 어떻게 집에 가야 할지 막막했다.

할 수 없이 근처 경찰서에 가서 사건을 접수하고 집으로 전화했다. 그리고 콜택시를 타고 집으로 갔다. 아버지가 나오셔서 택시비를 지불하였다.

나의 모습에 아버지는 허어, 하고 탄식만 했다.

옷이 찢어졌고 머리에서 피가 흐르다가 굳어져 떡이 되었다.

나는 비로소 마법을 배워야겠다는 결심을 했다.

물론 지금도 자크 에반튼이 남겨 준 마법 책을 보고 있었지만, 그다지 큰 열의는 없었다.

마법을 배워 어디다 쓴단 말인가, 하는 생각에 열의가 사그라졌었다.

내 인생 자체보다 더한 마법은 없다고, 비웃으며 등한히 여겼었다.

병원에 가자는 어머니의 성화에도 나는 가지 않았다.

상처 부위가 약간 따끔거렸지만 아무 이상이 없다는 것을 누구보다 내가 잘 알았다. 피가 났으니 뇌출혈이 일어날 가능성은 더 낮고.

어느새 내 머리는 벽돌을 맞고도 끄덕하지 않을 정도로 튼튼해진 것이다.

샤워를 하고 나서, 카드 회사에 분실 신고를 했다.

막상 일을 당하고 나니 갑갑했다. 그다지 취하지도 않았는데 펵치기를 당했다. 그만큼 일을 벌인 놈이 악질이라는 말이다.

화가 많이 난다. 그것도 아주 심하게.

다른 것도 아니고 뒤통수를 날리다니.

아내에게 20년 만에 뒤통수를 맞아 인생이 개떡이 되었던 난데, 이제는 물리적인 돌로 맞다니. 너무한 것 아닌가?

화가 무척이나 났지만, 현실적으로 대응할 수 있는 방법이 없었다.

당한 것은 맞는데, 누가 했는지를 모르는 상황이었다.

술이 취하긴 했지만 알딸딸한 정도였다.

서현주 씨와 정상적으로 이야기할 수 있을 정도로 멀쩡

했는데 퍽치기를 당했다.

등산으로 인해 체력이 상당히 좋은 편인 데다가 드래곤의 하트를 먹어 힘이 셌지만, 뒤에서 치면 방법이 없다

대한민국의 치안이 어쩌구 할 것도 없이, 범행을 벌인 인간이 개차반이라서 발생한 사건이었다. 박봉에 근무하는 경찰의 탓은 솔직히 아니었다.

'뭐, 별수 있나. 자력 구제해야지.'

나는 웹 서핑을 통하여 스파이 캠을 구입했다.

스파이 캠은 시계나 볼펜 등으로 위장해서, 사진이나 동영상을 촬영하는 것이다. 생각보다 가격이 너무 저렴해 놀랐다.

먼저 안경 캠코더 DS의 9100s를 샀다.

사진 촬영, 동영상 촬영도 되는 이 안경의 해상도는 1280의 HD이며 용량은 16GB다.

사는 김에 해상도는 상대적으로 낮지만 항상 들고 다닐 수 있는UBS 형태의 캠코더 Mini U8도 구입했다. 두 개 다 합쳐 100만 원이 조금 넘었다.

범죄에 노출되고 나니 믿을 수 있는 것이 필요했다.

구차하게 사람들의 증언을 부탁하는 것보다, 확실한 증거를 제출하는 편이 낫다고 생각했다.

형사 사건의 변호사 의뢰비가 최소 500만 원인 것을 고

려하면, 이 정도야 보험에 든 것으로 생각해도 된다.

이렇게 월급쟁이의 돈이 공중으로 사라졌다.

그래도 준비를 해놓으니 마음이 안심되었다.

카드를 분실한 상태였기에, 누나의 카드로 긁었다.

아직도 에르메스 버킨 백의 효력이 남아 있는지, 쉽게 카드를 빌릴 수 있었다.

남매간에도 오가는 것이 있어야 서로 아쉬울 때 말하기 좋다.

*   *   *

회사에 출근하니, 자리에 또 의문의 스타벅스 아메리카노가 놓여 있었다.

'하아, 이건 또 어디서 구했지?'

스타벅스 자체가 출근하는 직장인을 노린 면도 있어 7시 30분부터 영업을 시작한다지만, 내 출근 시간에 맞추기는 쉽지가 않다.

동그라미 로고 안에 왕관을 쓴 녹색의 '세이렌'이 아침마다 찾아오면, 그녀의 감미롭고 아름다운 향기에 내 영혼이 녹아내릴까?

알다시피 세이렌은 바다의 요정으로, 아름다운 목소리로

뱃사람을 유혹하여 영혼을 빼앗아 죽였다고 전해진다.

여자들은 이 달콤하고 자극적인 커피가 그녀들의 영혼을 빼앗으려는 스타벅스 사의 술수라는 것을 알까?

뭐, 나도 좋아하니 확실히 하워드 슐츠는 전 세계를 통해 달콤한 커피 향으로 사람들의 돈을 빼앗고 있다.

'이 여자는 왜 이렇게 고전적이지?'

나는 부끄러워 고개를 숙이고 있는 미주 씨를 흘깃 보았다.

고맙다는 말을 해야 하는데, 소리를 내면 그녀를 난처하게 만들 수 있어 그냥 마셨다.

'젠장, 나의 약점 하나는 완벽하게 알고 있군. 아메리카노를 좋아한다는 것 말이야.'

47년을 살아온 경험 많은 정신으로도, 그녀가 이러는 것이 연기인지 진심인지 모르겠다.

물론 나를 좋아한다는 감정이 가짜라는 말은 아니다.

이렇게 어리숙한, 고전적인 방법을 말한다.

발랑 까진 여자들이 도로 위를 질주하는 시대에, 마차가 지나가는 격이니 놀라는 것이다.

하여튼 지금은 그녀에게 관심을 둘 여지가 없다. 아름다운 몸매가 가끔 내 눈을 현혹시키기는 하지만, 내게는 쌓인 일이 너무 많았다.

대체적으로 외국계 회사의 일이 국내 대기업보다는 업무량이 훨씬 적은 편이다. 물론 회사마다 다르지만, 그만큼 시스템이 잘되어 있다.

나는 회사 생활 1년 차라 잘 모르지만, 확실히 일이 체계적이긴 하였다.

서류 양식이라는 것이 있지만, 폰트나 서체까지 지정해 주지는 않는다.

읽을 수만 있다면 그 외에는 관대한 편이다. '읽으면 되었지, 더 뭐가 필요한가?' 라고 하던 슐츠 어더만 이사의 말이 생각난다.

점심시간, 미수 씨가 내 옆으로 와서 앉았다.

나는 그녀에게 작은 소리로 커피 고마웠어요, 라고 속삭였다. 그녀는 환한 미소를 지었다.

사람들이 바라보는 눈초리가, 마치 커플을 보는 듯하다.

뭐, 사람들도 눈은 달렸으니. 그녀가 아무리 조심한다 하더라도, 아침마다 내 책상에 커피를 갖다 놓는 것을 본 사람이 있을 터였다.

'이 여자랑 사귈까?'

미주 씨는 몸매도 예쁘지만 웃는 얼굴도 보기 좋다.

얼굴의 주근깨만 아니라면 꽤 미인일 텐데, 왜 그녀는 이것을 처리하지 않을까?

성형 수술이 보편화된 이 시대에 주근깨 정도 빼는 거야 일도 아닌데.

"식사 후 커피는 제가 살게요."

내 말에 미주 씨가 환하게 웃으며 좋아한다.

그렇게 얻어먹었으니, 한 번쯤은 사줘야 하겠지. 스타벅스는 여기서 두 블록이나 떨어져 있다.

사실 우리나라에 처음 들어왔을 때만 와, 했었지, 이제는 후발업체와 그다지 차이도 많이 안 난다.

스타벅스가 뜬 것은 순전히 커피를 로스팅하는 기술 때문인데, 요즘에는 그런 기술력 차이가 거의 없어졌다.

나는 로스팅이 제대로 된 커피면 아무거나 좋다.

미주 씨에게 커피를 사주고 그것을 마시는데, 서로 할 말이 별로 없어 멀뚱멀뚱하다 사무실로 돌아왔다.

내가 한 유머 하는데, 그녀는 재미가 없는 타입인 것 같았다.

잘 웃고 친절하기는 한데, 왠지 얼굴에 얇은 장막이라도 쳐진 느낌이다.

일과를 마치고 퇴근을 하는데, 오늘은 미영 씨가 기다리고 있었다.

확실히 뭔가를 벌일 모양이다. 하지만 '노 땡큐'다. 대리만족을 할 생각이면 다른 분을 알아보라 말하고 싶었지만 하지 못했다.

"오늘은 술 사주세요."

"흠, 전 얻어먹는 것이 아니면, 여자와 술을 마시지 않습니다."

"쳇, 밥도 안 사준다, 술도 안 사준다, 너무하시네요."

"하하, 전 예약을 해야 하는 그런 사람입니다. 그리고 어제 털려서 카드 한 장도 없습니다."

"네에?"

"술을 마시고 집으로 가다가 퍽치기에게 당했습니다.

"어머나!"

아름답고 귀여운 표정에도 난 안 속아요, 웃으며 그녀의 행동을 지켜보았다.

"좋아요, 제가 살게요. 나 같은 미인이 찾아와서 술까지 사야 하다니."

"미인인 것은 맞지만, 미인이라고 술을 사줄 수야 없죠."

"그래요? 그럼 어떻게 해야 술을 사주시는데요?"

"전 여자에게는 술을 안 사줍니다."

"뭐예욧!"

자기도 모르게 목소리가 커졌는지, 놀라 입을 가리는 그녀였다.

이렇게 귀여운 여자가, 어떻게 그렇게 망가질 수가 있었을까 하는 생각이 들었다.

　나도 그녀에게 목적이 있었으니, 우리는 가까운 곳으로 술을 마시러 갔다.

　사람 많은 곳을 좋아하지 않는 성격이다 보니, 특히 술자리가 시끄러운 곳은 질색이었다.

　결국 갈 수 있는 곳은 제법 비싼 바였다. 적당히 음악이 흐르고, 사람들도 조용하고. 나는 그녀의 눈을 바라보며 말했다.

　"말씀하세요. 무슨 음모를 꾸미고 계시는지."

　"음모요? 하긴 음모 맞네요. 목적은 당신을 유혹하는 거예요."

　"헐."

　"푹."

　"정리도 못하시면서 문어처럼 발을 뻗으면 곤란해져요. 난 치정 사건의 주인공이 되고 싶지는 않아요."

　"아, 맞다. 이제 당신 말처럼 좀 단순하게 살까 해요."

　"그런데 사건도 정리 안 하시고 왜 자꾸 저한테 오시는 거예요?"

　"흠, 이거 말하면 안 되는데. 당신에게는 좋은 향기가 나요. 옆에 있으면 이상하게도 기분이 좋아져요. 이게 말이 되는지 모르지만 하여튼 그래요."

"그럴 리가 있나요?"

"모르겠어요. 기분이 나빴다가도, 그리고 기운이 없다가도, 당신 옆에 있으면 에너지가 충전되는 것 같아요. 그래서 당신 조금 이용하기로 한 거예요."

"......"

장 9

마법에 대한 믿음

오늘 그녀는 많은 말을 했다. 말을 하는 것 자체가 목적일 정도로 많이 했다.

뭐, 이렇게 해서 스트레스가 풀린다면야 들어 줘야겠지.

정말 많은 여자들이 영양가 없는 이야기를 하고, 그것은 그녀들 자신도 안다. 이게 별 이야기가 아니라는 것을.

그럼에도 하는 이유는, 그게 일종의 스트레스를 푸는 방법이기 때문이다.

남자가 술로 스트레스를 푸는 것에 비하면 여자는 정말, 스트레스를 너무 저렴하게 푸는 경향이 있다.

그녀는 엘레강스한 트위드 코트를 벗었다.

민소매는 섬세한 쇄골을 보여준다. 보통의 여자와 달리 쇄골이 움푹 들어가, 여성스러우면서도 섹시한 모습이다.

그런 모습으로 푸념에 가까운 이야기를 하니, 언밸런스한 느낌이 드는 것은 어쩔 수 없었다.

"나랑 자고 싶어요?"

"설마?"

뜬금없이 그녀는 자기와 자고 싶은지 물었다.

전생의 기억만 없다면, 이 예쁘고 사랑스러운 여자에게 사정없이 빠질 텐데. 그런 비참한 삶은 도저히 두 번 살고 싶지 않다.

그저 말없이 그녀의 푸념을 들어주는 것으로 족할 따름이다.

쉬려고 온 지친 새 한 마리의 이야기를 들어준다고, 내 생활이 어떻게 되는 것은 아니니까.

문득문득 아, 이 여자가 이렇게 매력적이었나 하고 감탄을 했다.

하지만 이 여자를 너무나 많이 알고 있고 또 당하기도 했으니, 마음이 다가가지 않는다.

일방적으로 끝이 나는 그런 영화의 주인공이 되고 싶지는 않았다.

"어떻게 그럴 수가 있죠?"

"뭐가요?"

"어떻게 나에게 안 빠질 수가 있죠?"

"엉?"

"뭐가 '엉' 이에요?"

그녀는 술에 조금 취했는지, 예전에 하지 않던 트집을 잡는다.

"저도 그 매력에 빠지고 싶은데 너무 가시가 많아서… 내가 보기보다 감성이 여려서요."

"아닌 것 같은데요."

이렇게 예쁜 여자는, 세상의 모든 남자가 자기를 사랑할 거라고 생각한다.

전혀 틀린 것은 아니지만, 특별한 아름다움을 가지고 태어났다면 신에게 감사하며 다른 사람에게 베푸는 삶을 살아야 하지 않을까, 싶다.

나는 그녀가 흔들리고 있는 것을 느꼈다. 그러니 예전에도 나와 결혼을 했겠지.

그러나 예전처럼 자신의 감정을 덮어버리면, 이도저도 아닌 상태가 되어 불행해질 뿐이다.

그녀가 죽기 전에 한 말이 기억난다.

'당신은 살려고 히말라야에 갔고 나는 죽기 위해 남았다.'

술에 취해 이제는 무슨 말인지조차 알아들을 수 없게 된 그녀를 보며 생각이 났다. 동시에 그녀가 연기를 꽤나 잘한다고 생각했다.

"이제 일어나요."

"아, 이열 씨. 향기 나는… 방향제인 멋쟁이 이열 씨."

"쩝, 좋다는 말을 그렇게밖에 표현 못해요?"

"방향제가 어디가 어때서요?"

"저 술 취하신 여자 분은 안 바래다줍니다."

"네? 그게 무슨 말이세요? 연약한 여자가 술에 취하면 당연히 보호해 줘야죠."

"술을 먹는다는 것은 스스로를 지킬 수 있는 강한 여자가 나타내는 행동이죠. 그게 아니면 어떻게 해도 좋다는 표현이거나. 그러니 이제 술 취한 척은 하지 말고 일어나세요."

"아… 재미없다."

아내는 나보다 술이 센 편이었다. 벌써 맛이 갈 리 없었다. 말술을 먹어도 취하지 않을 여자가 바로 이 여자다. 이렇게 고상한 얼굴을 하면서 양주 두 병을 뚝딱 비우는 여자.

물론 그렇다고 술꾼이라는 말은 아니다. 그녀는 아들이 죽었을 때조차 술을 마시지 않았으니, 그냥 세다고 할 수 있을 뿐이다.

"어떻게 알아차렸어요?"

"유혹한다고 할 때부터 유난히 눈빛이 빛나던데요."

"아이, 재미없어."

"우리가 뭐 재미 따지고 만나는 사이는 아니지요."

"……."

마음이 상했는지, 그녀가 말이 없다. 나도 말없이 그녀를 바라보았다.

그녀는 곧 일어나 계산을 하고 나갔다. 나는 그 뒤를 따라갔다.

"또 찾아와도 되죠?"

"정리를 하고 와요. 내가 아니어도, 그 사람은 당신과 안 어울려요."

"…다음에 또 봐요. 이열 씨."

그녀는 또각, 하고 구두 소리를 내며 내게서 멀어졌다. 나는 그런 그녀를 바라보다가, 어제 신고를 했었던 경찰서로 갔다.

"하하, 또 오셨군요."

김삼식 형사라고 자신을 소개했던 수더분한 남자가 나를 반겼다.

"어떻게 됐나 궁금해서요. 사실 어제 술도 별로 안 취했었거든요. 시간도 늦지 않았고요. 뭐가 어떻게 된 것인지 알고 싶어서 왔습니다."

"저희도 그 사건 때문에 골치가 아픕니다. 요 근래 이런 사건이 자주 발생하는데, 갈수록 대담해지고 있습니다. 처음에는 일주일에 한 건 정도더니, 요즘은 하루에도 몇 건씩 하고 있어서요."

"죽은 사람은 없습니까?"

"왜 없겠습니까? 일명 아리랑치기나 퍽치기나, 기존에 있던 애들은 이렇게 과감하게 안 하거든요. 술 취해도 적당히 가격을 하는데 이건 뭐 있는 힘껏 내려치니, 벌써 2명이나 죽었지요."

"언론에 보도되지 않은 것 같던데요."

"기자들이 다른 데 신경이 쏠려 있어 그동안은 어떻게 버텼는데, 이제는 우리도 손을 놓고 있는 실정이지요."

김 형사는 질렸다는 듯이 고개를 절레절레 흔들었다.

"이런 사건은 주로 가출한 청소년들이 저지르다가 범죄자가 되는 코스인데, 벌써부터 살인을 저지르다니. 이런 애들은 그쪽에서도 크지를 못하죠. 잡고 보면 의외로 약한 애들이 많아요. 그러니 뒤치기로 돈을 버는 거겠지만……."

"CCTV에 찍히지 않았나요?"

"찍히면 뭐합니까? 밤에 마스크 쓰고 작업을 하는데. 옷이나 알아볼 정도죠."

"흐음."

나는 경찰서를 나오기 전, 이 신종 퍽치기를 하는 놈들의 주요 무대를 물어봤다.

주로 강남과 성남 두 군데를 오가면서 사고를 치고 있었다.

이틀 뒤, 9시 뉴스에 놈들의 범죄 행각이 소상하게 보도되었다.

김 형사가 괜히 자세히 말해준 게 아니었다. 어차피 언론에 노출되는 것을 피할 수 없어졌으니.

게다가 나는 피해자이고 신고자이기도 하니 알려준 것이겠지.

이제 놈들은 언론에 노출되어 버렸다. 비록 마스크를 쓰고 있었지만, 가까운 사람이나 눈썰미가 좋은 사람이라면 알아볼 수도 있다.

이런 아이들은 그렇게 번 돈을 거의 유흥비로 탕진한다. 놀고는 싶고 돈은 없고. 술에 떡이 된 사람의 지갑을 훔치다가 점점 대담해진다.

마스크를 쓰고 벽돌로 뒤통수를 가격해, 주머니를 뒤져서 돈이 될 만한 것을 가지고 튄다.

예전에 친구의 동생이 편의점에서 알바를 한 적이 있었다. 주인이 너무 좋은 사람이라 자신은 나름 열심히 했는데, 같이 일을 하던 아르바이트생이 사고를 쳤다.

편의점은 전산 시스템이 잘되어 있어 그날그날의 매출 파악이 빠른 편이며, 한 달에 한 번 있는 약식 정산에 거의 대부분의 손실이 체크된다.

석 달 만에 거의 천만 원에 가까운 돈을 훔친 알바생은, 알고 보니 대학생도 아닌 고졸이었다. 훔친 돈으로 흥청망청 놀러 다녔다고 한다.

그는 스키 강사 자격증이 있다고 하면서, 그것으로 벌어 갚겠다고 철석같이 약속을 했다.

그런데 약속한 날짜가 다가와도 갚을 길이 없으니, 농약을 먹고 자살했다.

농약은 먹는 순간 식도에서부터 흡수가 되어, 병원에 실려가 위장을 씻어내도 거의 대부분 죽는다.

문제는 이 농약 구하기가 너무 쉽다는 것이다.

나는 이 사건으로 청소년 범죄가 무섭다는 생각을 했다.

*　　　　*　　　　*

이후로 김미영은 연락이 오지도, 내 앞에 나타나지도 않았다.

나는 인터넷으로 신청한 스파이 캠코더를 받아 사용법을

숙지했다.

며칠 동안 연습에 연습을 해본 결과, 장비는 만족스러웠다.

안경은 평범했다. 안경다리, 즉 템플이 넓게 되어 있고, 거기에 조작 버튼과 안쪽에 Micro SD 카드를 넣게 되어 있다. 당연히 카메라 렌즈는 미간 사이에 구멍이 뚫려 있다.

사실 자세히 보면 조금 어색한 구조라, 센스가 있는 사람은 눈치챌 수 있는 안경이다.

라이터형의 캠코더는 UBS 형식이라, 들고 찍은 다음 그대로 컴퓨터에 연결하면 된다.

나는 어두워지면 집에서 나와 그놈들이 갈 만한 곳을 뒤졌다.

형사들이 찾지 못할 정도면, 눈에 띄게 다니지 않는다는 뜻이었다.

나는 이놈들이 번화가 쪽은 당분간 피할 것이라 보고, 술집이 몰려 있지만 한적한 곳을 찾아다녔다.

자세히 볼 것도 없었다.

첫째, 혼자나 둘이 다니는 애들은 범인이 아니다. 둘째, 마스크를 쓰지 않으면 봐도 모른다. 셋째, 술 취한 사람 뒤를 은밀히 따른다.

이 정도면 굉장히 수상한 사람이므로 찾는 것은 어렵지

않으나, 문제는 보이지가 않는다는 점이었다.

처음 범죄를 저지르면 공포를 경험하지만, 그것이 반복되면 쾌감을 느낀다.

그러니 자신을 잘 통제하지 못하는 청소년들이 범행을 멈출 것이라고 생각하지 않았다.

저녁마다 나가는 나를 보며 누나가 한 소리 했다.

"요즘 연애하니?"

'하아, 나도 그랬으면 좋겠다.'

매형이 퇴근하고 잠시 들렀다.

누나를 닮은 아기가 우유를 먹고 잠을 자고 있었는데, 보면서 얼마나 흐뭇한 미소를 짓는지 나까지 기분이 좋아졌다.

"어, 처남 나가는 거야, 이 밤에?"

"네."

오해를 받으며, 나는 오늘도 내 뒤통수를 갈긴 녀석들을 잡으러 술집 거리를 헤맸다. 왜 이리 술집이 많고 술 취한 사람이 많은지.

그렇게 강남의 밤거리를 배회하다가, 나는 마침내 그들을 만났다.

마스크를 쓴 다섯 명의 아이들. 그중 하나는 여자아이였다. 잘 볼 수 없게끔 거리를 두고, 나는 아주 천천히 그들을 따라다녔다.

아이 하나가 쇼핑백에서 검은 비닐봉지를 꺼냈다. 그리고 달려갔다.

퍽, 하는 소리와 함께 남자가 쓰러졌다. 나는 재빨리 경찰서와 119에 신고했다.

"야, 빨리 해. 사람들 오겠다."

"존만아, 그럼 니가 해라."

녀석들은 시시덕거리며 쓰러진 남자의 주머니를 뒤졌다. 그리고 돈이 될 만한 것들을 쇼핑백에 집어넣었다.

"야, 오랜만에 나왔으니 몇 건 더 해야 하지 않아?"

"시발, 짭새들 졸라 깔렸는데 깝치지 마."

두 명의 아이가 남자의 품을 뒤지고, 나머지 세 명은 망을 보고 있었다.

그리고 그들은 갑자기 후다닥 뛰기 시작했다. 나 역시 뛰었다. 소리가 나는 것을 염두에 두고, 조심스럽게 뛰었다.

골목으로 들어서는 순간 내 얼굴로 휙, 하고 무엇인가 날아왔다. 나는 고개를 숙이며 녀석의 허리를 강하게 발로 걸어찼다.

"아이쿠."

한 녀석이 쓰러졌고, 나머지 4명이 나를 둘러싸려 했다. 하지만 내가 그들보다 더 빨리 뒤로 물러났다.

어디서 본 건 있는지, 여자애가 맨 뒤에서 나이프를 꺼내 돌렸다. 칼까지 들었으니, 나는 더 거리를 두고 그들을 바라보았다.

"존만이, 그냥 가던 길이나 가지. 뭐 나온다고 뒤따라와?"

"그냥 길을 갈 사람은 아니다. 몇 주 전에 네놈들에게 맞아 죽을 뻔했으니까."

"뭐? 디질 뻔했으면 더 조심해야지. 시발, 담가!"

나는 적당히 시간을 끌어야 했다. 경찰이 내 휴대폰의 위치를 추적해 찾아올 동안 말이다.

멀리서 경찰의 사이렌 소리가 들려온다. 하여튼 저놈들은 범인들 도망가라고 아주 용을 쓴다, 써.

나는 랜턴으로 아이들의 얼굴을 일일이 비췄다.

"뭐야, 저 새끼."

나는 도망가려는 그들을 천천히 쫓아 다리를 걸어 넘어뜨렸다. 그리고 경찰이 올 때까지 기다렸다.

무능한 경찰. 일부러 랜턴으로 신호를 줘도 찾아오지 못하는 것은, 범인을 일부러 안 잡으려는 뜻인지. 신고가 들어왔으니 출동은 해야 하고, 아마 대충 찾는 척하다가 돌아가려는 것일 게다.

"시바, 이 새끼 너무 잽싸. 모두 포위하자."

"씹새끼, 그걸 누가 몰라서 이러냐? 우리가 포위하려고 하면 저 새끼가 먼저 튀니까 못하는 거지. 그리고 시바 벽돌도 버렸는데, 우리가 범인이라고 주장하는 새끼는 저놈밖에 없잖아. 방송에 나온 것도 흐려서 우리라고 알아볼 수도 없고."

"적당히 까고 튀자."

아이들이 돌을 주워 던지려고 하자, 나는 뒤를 돌아 바로 도망쳤다.

경찰도 아닌데 무리할 필요는 없었다. 랜턴으로 신호를 계속 보내니, 그제야 경찰이 도착한다. 속에서 욕이 저절로 나왔다.

"왜 이제 오는 겁니까?"

"어딥니까?"

"당신들이 하도 요란하게 오니 튀었습니다. 전 국민이 관심을 가지고 보는 사건인데, 이래도 되는 겁니까?"

"쳇, 그 아이들이라는 증거라도 있습니까?"

"없다고 이렇게 늦게 와도 되는 겁니까?"

"아, 선생님 이해하십시오. 오늘만 이런 신고를 열 번도 더 받았습니다."

"그 열 번 중에 당신들이 범인들을 붙잡지 못한 이유가 있다는 거 모르십니까? 이렇게 요란한데, 가만히 잡혀 주는 게 병신이죠."

"……."

경찰들도 차마 더 이상 불평을 못했다.

그들로서도 여러 애로사항이 있겠지만, 9시 뉴스에 나온 범인을 잡으려고 왔으면서 이런 요란함은 용납되지 않는다.

"멀리가지 못했을 겁니다. 아이들 중 하나는 잘 걷지 못할 겁니다."

"정말입니까?"

"네……."

그들을 보며 저절로 한숨이 나왔다.

경찰들이 무전기로 통신을 시작하자, 경찰차들이 들이닥쳤다.

얼마 가지 않아 5명이 잡혔지만, 그들은 범행 일체를 부인하고 있었다.

하긴 얼마 전에 뉴스에서 본 옷과 머리 모양과는 많이 달라져 있었다. 머리를 쓰긴 했다.

그러나 뛰는 놈 위에는 항상 나는 놈이 있는 법이다.

나는 인터넷으로 들어가, 녀석들의 범행 일체가 담긴 파일을 경찰서에 보냈다.

원래는 녀석들의 위치만 가르쳐 주려 했던 것이, 경찰이 늦게 출동하니 어쩔 수 없이 나서게 됐다.

무려 신고가 들어가고 15분 후에나 출동한 것이다.

어쨌든 이번에 퍽치기를 당한 사람은 119 신고가 빨리 들어가, 다행히 목숨에는 지장이 없다고 한다.

나는 그 말을 들으며 집으로 돌아왔다. 집에서 나와 연애하는 사람으로 알고 있던 아이들과의 관계가 이렇게 끝났다.

이번 싸움을 통해 얻은 결론은, 마법을 배워야겠다는 〈결심〉이다.

마법사라면 간단한 슬로우나 웹 마법과 같은 저서클의 마법으로도, 그들을 충분히 제압할 수 있었으니 말이다.

하지만 1서클의 마법사가 되는 것은 생각보다 힘들다.

자크 에반튼 같은 마나의 천재는 어릴 때부터 좋은 스승을 모시고, 마법의 탑에서 갖은 혜택을 누리며 배웠다.

아무것도 없이 독학으로, 게다가 나이까지 많은 내가 배우는 것은 비교 자체가 되지 못한다.

다행스럽게도 자크 에반튼에 의해 마법의 언어인 '룬어'를 알게 된 것은 천만다행이었다. 룬어를 몰랐으면 마법이고 뭐고 배울 수 없었다.

나는 아직 뭐가 뭔지 잘 모른다.

과거에 내가 왜 아내로부터 배반을 당해야 했는지, 어떤 운명이기에 죽은 아들 대신 살아나 과거로 돌아오게 된 것인지.

이것이 특별히 신의 뜻에 의해서인지, 아니면 그냥 운이 좋아서 회귀를 하게 되었는지 모른다. 그러니 만사에 조심스럽다.

큰 행운 역시 그에 따르는 덕을 쌓지 않으면, 자신을 파멸시킬 양날의 검이 될 수도 있다. 로또에 당첨된 사람들이 그런 한 예가 아닐까?

큰 행운을 거머쥔 그들 대부분이 불행한 말로를 겪었다.

내가 알기로 407억에 당첨된 전 경찰관이 32억을 사회에 기부하고 해외로 나간 것 말고는, 대부분 5년 안에 이전보다 더 비참한 생활을 한다고 알려져 있다.

실제 수령액이 20억 넘는 금액을 5년 내에 사용하려면 하루 100만 원이 넘게 사용해야 하는데, 그들은 가능한가 보다.

행운도 그렇고 힘, 권력 역시 겸손하게 사용하지 않으면 그 화가 자기에게 미칠지도 모른다. 행운과 불행은 쌍둥이 자매라고 하지 않는가?

그래서 나는 나에게 주어진 이 행운이 매우 조심스러웠다.

나는 용서받기 힘든 큰 실수를 한 사람이다. 그리고 어떠한 실패에도 항상 이유가 있게 마련이다.

* * *

마법을 배우느라 잠을 자는 시간이 많이 줄어들었다. 하지만 그다지 피곤하다는 느낌은 없었다.

마나를 느끼고 마나를 다루는 일은 정말 어려웠다. 1년 안에 마나를 느끼는 것이 목표였다.

마법 수식이 꽤 어렵지만, 수리적인 것은 오히려 지구의 지식이 더 높아 문제없었다.

[오빠. 어디세요?]

요즘 현주가 시도 때도 없이 전화를 해 나를 귀찮게 하고 있다.

정말 언감생심인데, 이게 견물생심으로 바뀌려고 한다.

안 돼, 하고 마음을 다잡아도 그 통통 튀는 행동과 예쁜 모습에 마음이 흔들린다.

얼굴은 또 얼마나 아름다운가? 그냥 흔들리는 것이 아니라, 아주 사정없이 흔들린다.

또한, 이렇게 대단한 배우와 내가 사귀고 있다는 것을 한 번 느끼고 싶었는지도 모른다.

단 한 번도 연예인을 사귀어 보지 않았으니 말이다. 남자

인 나도 이런데, 여자들은 더 그럴 것 같다는 생각이 들었
다.

집안과 재력을 보는 여자들을 뭐라 할 수 없을 것 같자
씁쓸해졌다.

[오빠, 나 시간 비었는데 놀러 갈게요.]

뚝.

나는 멍해졌다. 이 아이는 일부러 이러는 거다. 나를 만
나러 와, 내가 당황하는 모습을 보고 싶은 것이다.

항상 근무 시간에 온다는 것이 문제였다. 근무 평가 엿이
될 것 같은 생각이 갑자기 막 들었다. 아직은 이 회사를 더
다녀야 하는데.

기업을 어떻게 운영하는지, 또 어떤 것을 해야 회사가 건
강하게 성장하는지를 알아야 했다.

과거의 기억으로는, 이 회사만큼 비약적으로 발전하는
기업은 애플밖에 없었다.

다행스럽게도 미주 씨와는 친구 사이가 되는 것으로 방
향이 잡히는 듯했다.

만나서 이야기를 해도 같은 취미나 공감대가 별로 없고,
점심에 커피를 마시며 잠깐 한담을 하는 관계를 뛰어넘지
못하고 있었다.

벌써 그녀가 도착한 모양이다.

핸드폰이 부르르 떨리며 문자가 왔다. 나는 1층 로비로 뛰어 갔다.

[나 도착했어용 ♡♡♡]

"어, 왔어?"

나는 재빨리 그녀를 끌고 구석진 곳으로 갔다.

"이렇게 근무 시간에 오면 어떻게 해? 누가 보면 우리 사귀는 줄 알겠다."

"앙, 우리 사귀는 아니었어요?"

"꿈 깨라."

"왜요?"

"네가 연예인이 아니라면, 아니, 톱스타가 아니라면 몰라도, 말이 되는 소리겠어?"

"에이, 오빠도 속물처럼 군다. 사람만 봐야지."

"엉?"

"픕, 아, 좋다, 오빠랑 있으니까. 몰라, 난 오빠랑 사귄다고 알고 있을 거야."

"네가 대종상 시상식에서 사랑한다고 고백하면 고려해 볼게."

"정말요?"

눈을 깜박이는 게 수상하다. 불안한 느낌이 들었다.

하지만 설마 이렇게 대단한 스타가 그런 짓을 하겠어, 하고 생각하니 다소 안심이 됐다.

"그러니 하지 마라. 근무 시간 아닌 때에 오면 밥은 사줄게. 이거 많이 양보한 거다. 나는 이영애 닮은 여자한테도 안 사주는 남자라고."

"정말? 믿을 수가 없네. 영애 언니 정도 되면 그냥 막 사줘야 하는 거 아녀요?"

"너 몰랐어? 나 예쁜 여자 별로다."

"왜요?"

"내가 BMW 520 시리즈를 겨우 몬다고 생각해 봐. 누가 나에게 람보르기니를 준다면 폼이야 나는데, 금방 파산 날 거야. 그런 이치지."

"오빠 차 520이야?"

"응. 24살 때 아버지에게 선물 받았는데 주말에나 잠깐 이용하지, 여긴 교통지옥이야. 우리 회사 다른 곳으로 이사 갔으면 좋겠다."

"와, 오빠네 좀 사나 보네."

"아버지가 잘 살지, 난 별로야. 내 1년 연봉이 너의 6개월 단발 CF보다 적어. 적어도 너무 적지."

"흐흐흐, 그럼 내가 오빠 먹여 살리면 되지."

"데이트 한 번 안 한 주제에 무슨……."

"오호, 오빠 은근히 나와 데이트를 원했구나."

"쩝. 너는 예쁜 얼굴로 그런 헛소리를 하고 싶니?"

나는 그냥 연애를 하고 싶어 하는 여자아이와, 이런 말도 안 되는 실랑이를 하고 있다.

그녀에게 대시하는 남자야 많겠지. 나처럼 별 볼 것 없는 남자가 틱틱거리니, 새롭게 보이긴 하겠지.

혹시 '노팅힐' 보고 이러는 거 아닌지 모르겠다. 내가 휴 그랜트 같은 매력이 있다면, 약간 있기는 하지만, 이러면 내가 뭐가 되냐고.

도대체 소속사는 배우 관리도 안 하나 싶었다.

안 하는 게 아니라 못하는 것일 수도 있을 것 같다.

나는 그냥 유쾌한 여자가 다른 이성에게 이야기를 하고 싶은가 보다 하고 말았다.

*   *   *

위이잉.

몽실한 마나가 솜털처럼 나풀대며, 몸 여기저기를 기웃 거리기 시작한다.

마나를 느낀 지는 벌써 일주일, 오늘도 마나가 온몸을 놀이터에서 노는 강아지처럼 신나게 돌아다닌다.

그러다 어린아이가 집으로 돌아가듯, 다시 원래 자기 자리로 돌아가려 했다.

'안 돼. 돌아와.'

우우웅.

돌아가려던 마나들이 나의 의지에 멈칫거린다.

'이리로 와! 나의 의지와 공명해.'

한두 가닥의 마나가 딸려와, 나의 의지를 따라 심장으로 나아간다.

한 바퀴를 돌고 안착하자, 뒤에 있던 마나들도 따라오기 시작한다.

마법은 의지의 발현이다, 라는 자크 에반튼의 말이 사실로 증명되는 순간이었다.

'됐다. 성공이다.'

나는 계속 의념을 보내, 온몸에 있는 마나를 불러 모았다.

마나는 마법사의 의지에 공명한다. 이런 마나의 속성 때문에, 마법이 가능한 것이다.

그러나 마나를 느끼고 마나에 의지를 불어넣는 일은 생각대로 쉽게 되지 않는다. 아니, 엄청나게 어렵다.

이를 성공하지 못하면, 마나를 느껴도 평생 마법사가 되지 못한다.

위잉.

모인 마나들이 스스로 심장 주위를 천천히 돌기 시작한다.

시간이 지날수록 마나들이 더욱 많이 모여 든다.

드래곤 하트가 녹아 몸에 곳곳으로 흩어졌던 마나들이 이제는 서로 연락이라도 한 것처럼 속속 모여들고 있었다.

'마나여, 모여 나의 의지에 공명하라.'

나는 계속 마나를 심장으로 돌렸다.

드래곤 하트의 양이 얼마나 되는지는 모른다. 다만 자크 에반튼이 구멍 난 심장을 치료하기 위해, 이 드래곤 하트를 이용하려고 했었던 것을 기억한다.

그게 맞는지 아닌지는 모르지만, 드래곤 하트를 한 번 믿어 보았다.

마나가 극도로 희박한 이곳에서, 마법사가 되는 방법은 사실 이 드래곤 하트밖에 없다.

1서클에 해당하는 마나가 안착하였지만 나는 계속 마나를 돌렸다.

그때 저 밑바닥에 자리를 잡고 있었던, 심원한 어둠의 둥지에서 몰려오는 어둡고 탁하면서도 차가운 기운이 느껴졌다.

처음 마나를 흡수했을 때의, 그 음산하고 서늘한 느낌이 올라오고 있는 것이다.

그 기운에 마나들이 일제히 부들부들 떤다.

그런데 신기하게도, 일부는 반기는 듯하며 일부는 싫어하는 듯했다. 마나에도 속성이 있는지 그 호불호가 뚜렷했다.

'나의 의지에 공명하라.'

키이이익.

어둠의 마나가 고개를 저으며 내게 대항한다.

그 어둡고 탁한 것이 성을 낼수록 몸이 떨린다. 나는 마음을 가라앉히고 그 어둠의 실체를 보려고 노력했다.

어둠의 마나라고 하기는 곤란한, 회색에 가까운 그것이 나를 노려보고 있었다.

나는 할 수 있는 한 차분하게, 그 차갑고 섬뜩한 기운과 맞서 싸웠다.

기운이 그대로 오면 내 심장이 바로 얼어버릴 것이라고, 느낌이 말해주고 있었다.

나의 심장은 이렇게 차갑고 음산한 기운을 감당하지 못할 것이라고.

욕심이 나서 마지막까지 남아 있던 마나를 건드렸는데, 정제되지 못한, 혼돈의 마나였던 모양이다.

사악하고 난폭한 드래곤의 본성이 그 마나 속에 숨어 있었다.

'나의 의지에 공명하라. 내가 죽으면 너도 죽는다.'

어둡고 서늘한 그것은 나의 의지에 공명했는지, 움찔거리며 다가오는 속도를 늦춘다.

나는 계속 달래고 싸우며 목숨을 건 사투를 벌였다.

스르르르.

마침내 안개가 없어지듯, 의지에 반하던 마나들이 몸속 어디론가 사라져 버렸다.

나는 안도의 한숨을 내쉬며, 심장에 모인 마나들을 모이게 했다.

'더 단단하게 견고하게 모여라.'

마나가 서로를 향해 스크럼을 짜듯, 아니, 방직기계가 흩어져 있는 실들로 천을 짜듯 모여들었다.

마도시대에 마나를 배열해 심장에 안착시키는 비법, 자크 에반튼을 위대한 9서클의 마법사가 되게 만들었던 그것이 내 심장에서 일어났다.

자크 에반튼조차 7서클이 되어서야 발견한 방법을 나는 1서클에 시도한 것이다.

마나는 튼튼한 천이 되어 갔다. 이것이 정말 궁극의 마법일까?

나는 나노 섬유를 생각했다. STL의 주력 사업 가운데 하나인 나노 섬유.

초극세 실은 일반실의 1백분의 1 크기로 줄일 수 있다. 이 나노 섬유로 차도, 비행기도 만들 수 있다.

보통 섬유는 미세한 크기의 구멍 속으로 섬유 원료를 밀어 넣고, 압력을 가해 실을 뽑아낸다. 이에 반해 나노 섬유는 전기장을 가해 만든다.

전기를 생각하자, 나의 의지에 공명한 마나들이 서로 반발 응축하기 시작했다. 아주 미세한 흐름이었지만 나는 그 차이를 알아차렸다.

'이렇게 하는 거구나. 마나여, 서로 반발하고 응축하라.'

의지가 담긴 말에, 마나가 서로 반발하여 조각났다.

그것들은 다시 뭉치고 흩어지기를 반복했다. 나노 실은 별도의 직조 과정 없이, 함께 모으기만 하면 서로 얽혀 천이 된다'.

마나는 모이고 흩어지면서, 더 세밀하게 가늘어졌으며 강해졌다. 마나들도 그것이 자신들에게 유리한 것을 아는지, 아주 쉽게 만들어졌다.

마나는 의지를 가진 생명력 그 자체다. 마법사들은 이렇게 포괄적으로 마나를 정의해 왔었다.

추츠츠츠.

드디어 마나가 심장에 안착했다. 나는 안도의 한숨을 쉬며 눈을 떴다.

이전과는 비교도 할 수 없는 힘이 넘쳤다. 이 힘의 근원은 심장에서 빠르게 돌고 있는 1서클의 마나다. 드디어 마법사가 된 것이다.

나의 여름휴가는 이렇게 말리브 해변의 호텔 방에서 끝이 났다.

7장

한여름의 무더위

휴가가 끝나고, 나는 회사에 다시 출근하였다.

"좋은 아침!"

"안녕하세요. 이열 씨."

"안녕하세요. 수진 씨."

이수진 씨는 이번에 본사에서 파견된 직원으로, 한국계 미국인이다.

회사 직원들과 인사를 나누고, 나는 자리에 앉았다. 그동안 현주 때문에 엉망이 된 인사고과를 만회하기 위해 사력을 다했었다.

그 영향으로 여름휴가 기간쯤에는, 어느 정도 회복을 한 것 같이 보였다.

확인할 방법은 없지만, 나를 대하는 상사의 태도와 눈빛이 호의적이고 부드러워졌다. 그것들을 참고하면, 아마도 나의 생각이 맞을 듯하다.

오후가 되어서, 회사의 직원용 게시판에 공지 하나가 떴다. 한국 지부에서 3명을 뽑아, 본사가 있는 미국으로 2년간 파견 근무 보낸다는 내용과 지원자를 모집한다는 것이었다.

회사가 약간 웅성거렸다.

파견 근무를 하게 된다는 말은, 근무지 연수라고 봐도 된다. 본사의 영업 전략과 기법을 배우고 돌아오는 것이니, 가기만 하면 출세가 보장되는 자리였다.

일단 파견 근무로 나가면 미국 본토의 급여로 연봉이 책정된다.

MS보다는 낮지만 미국 내에서도 제법 연봉이 높은 것으로 알려진 STL은, 근무 3년 차만 되도 1억이 훌쩍 넘어가 버린다.

그리고 가장 중요한 것은, 이렇게 파견 근무를 갔다 온 사람은 웃기게도 미국 본토에 준하는 기준에 근거하여 연봉이 책정된다. 한국에서는 거의 최고의 대우를 받게 되는 것이다.

그 예가 바로 차성욱 과장이다.

별도의 부스까지 배정받은 그는, 연봉은 제쳐 두고 부가적인 혜택도 어마어마했다.

메이저 리거와 마이너 리거의 차이까지는 아니지만, 그만큼 차별적으로 보이는 것은 사실이다.

STL은 이런 사실을 의도적으로 까발리고 있다. 물론 직원들만 아는 사실이지만, 너희도 위로 올라오면 이렇게 된다는 것을 보여주기라도 하는 듯했다.

STL 직원이라면 이 파견 근무를 모두 가고 싶어 한다. 물론 나도 가고 싶기는 하다만, 뭐 지원서를 제출해도 되지 않을 것이다.

지원서만 내면 되는 것이 아니라 추천서도 있어야 하니, 회사 1년 차인 나에겐 그림의 떡이었다.

참참한 기분이 되어, 할 수 없이 배당된 업무를 해나가기 시작했다.

기획 조정실은 회사의 온갖 잡일을 해야 하는 곳이다. 물론 회사가 나아갈 방향을 제시하기도 하지만, 그것은 미국 본사에서 내려오니 우리가 신경 쓸 일이 아니었다.

말 그대로 회사의 업무를 분류하고 배당하며, 문제가 생긴 일의 조율이 가장 많이 하는 일이다.

The Office of Planning & Coordination에서 기획, 즉 Planning, Project, Design 분야는 미국 본사가 주로 하고, 우리에겐 Coordination만 남는다.

해석하면 협력인데, 좋게 표현하면 업무를 컨트롤하는 것이고 나쁘게 말하면 각 부서가 잘 돌아가게끔 도와줘야 한다는 말이다.

저번에 내가 홍보실의 일을 대신 처리해 준 것처럼 말이다.

물론 한국에서 영업을 하려면 그에 대한 디자인을 따로 하지만, 그게 우리 부서에 큰 비중을 미칠 정도는 아니다.

'회사는 새로운 파트너를 정하려고 하나?'

나는 삼성, 현대 등 대기업뿐만 아니라 제법 잘나가는 기업의 재무제표를 보고 있었다.

이미 회계과에서 자료를 분석해 놓은 것을 그대로 가져와, 목적에 맞게 분류하는 일이었다.

STL은 상대 기업과 거래를 하기 전에 반드시 그 회사의 재무제표를 분석한다. 그리고 문제가 되면 실사를 나가게 된다.

올해만 2개의 기업과 거래를 하려다가 나중에 틀어진 적이 있다.

내 분석은 회사의 건전성을 따지는 것은 아니다. 그것은 전문가들이 할 영역이다.

나는 단지 전문가의 분석에 오류가 없는지를 1차로 판단한다.

내가 이상이 없다고 판단하면, 상급자 중의 한 명이 한 번 더 확인하고 끝이 난다.

그러나 내가 보류를 결정하면, 다시 회계 전문가들이 투입되어 더 세밀하게 분석 작업에 들어간다.

'하, 홍보실의 정원이 생기면 보내 달라고 해야겠네. 이것은 나와 맞지 않는데. 물론 회사의 가치를 판단하고 운영하는 데 필요하긴 하지만, 업무도 그렇고 신경 쓸 일이 너무 많아.'

조금 더 기획실에서 배워 본 다음 과장님께 말씀을 드려야겠다.

그래 봐야 수박 겉핥기식이 되겠지만, 앞으로 사업을 계획하고 있는 나는 기업에 대한 좀 더 포괄적인 이해가 필요했다.

이전에 사업이 실패한 이유 중 하나가, 너무 일찍 회사를 그만둔 것 때문이 아니었나 싶을 정도였다. 경험 부족인 상태에서 일을 시작한 것이다.

그때의 실패 경험과 세계적인 기업인 STL의 노하우를 배운다면, 원하는 것을 할 때 도움이 될 듯했다.

마법사가 되고 난, 이후 두뇌 회전이 엄청 빨라졌다.

과거로의 회귀를 경험하면서 여러 면으로 좋아진 것을 느꼈지만, 마법사가 되고 마나를 다루게 되면서 집중력과 기억력이 엄청나게 향상됐다.

요즘은 원래 하루 종일 해야 했던 일을 불과 한두 시간에 해치울 수 있다.

나만의 생각이지만, 마나가 심장에 안착하면서 겪은 기연과 관련이 있지 않을까 싶었다.

나의 마나 서클은 마도시대 사람들의 30배 이상으로, 극세밀의 분자 구조를 가지고 있지 않은가?

막 1서클의 마법사가 됐을 때, 1서클의 라이트를 방 안에서 실험해 보고서야 나의 마법이 엄청나다는 것을 깨달았다.

파이어 볼을 사용했다면 호텔이 그대로 타버렸을지도 모를 만큼, 위력은 엄청났다.

온 방 안을 가득 메운 그 밝은 빛의 덩어리에 호텔이 소동이 났을 정도이니.

다행히 한낮에 그런 일이 발생했기에 망정이지, 그렇지 않다면 크게 곤욕을 치렀을지도 모를 일이었다.

그 일 이후로 마법을 시험해 보지는 못했다. 2주간의 휴가가 끝났기 때문이다.

문제는 나에 대해 달라진 사람들의 반응에 있다.

"어, 이열 씨. 밤새웠어? 눈이 붉어진 것 같아."

마법사가 되고 난 후, 눈이 은은한 붉은색으로 변했다.

딱히 위화감을 줄 만큼 두드러지지는 않았지만, 내 눈동자의 색깔을 알고 있는 사람들은 누구나 한마디씩 하곤 했다.

엄청나게 좋아진 머리는 업무 능력을 비약적으로 향상시켜, 존재 가치를 사람들에게 어필하기 시작했다.

회사에서 나를 바라보는 눈이 달라지며 인정해 주는 분위기가 되자, 일하는 맛이 났다.

*   *   *

몇 달 만에 본 현주는 나를 가볍게 안았다.

그동안 전화는 물론 문자도 없더니, 불현듯 나타나 '오빠, 밥 사줘요' 하고 덤빈다.

곤란했다. 예쁜 것들은, 아니, 이렇게 아름다운 여자들은 자기의 가치를 너무나 잘 알고 있는 것이 문제다.

47살의 정신연령을 가졌지만, 사실 나이가 든다고 여자에 대한 욕구가 줄어드는 것은 아니다.

다만 어쩔 수 없는 현실, 축 처진 배와 늙어버린 얼굴, 그리고 처자식들 때문에 눈을 감고 있는 것이지.

연예인들이야 스캔들이 터져도 부인하면 그만이지만, 일반인들은 신상이 털리고 개인의 프라이버시가 침해당한다. 그 불편함은 상상을 불허한다.

"이러다가 나 스캔들의 주인공이 될 것 같은데."

"흥."

그녀는 나의 반응이 가당치도 않다는 듯이, 도도한 표정으로 콧방귀를 뀐다. 큰 키가 긴 머리와 어울려 청순함이 더해진다.

"오빠도 내가 오빠 좋아하는 거에 대해 진지하게 생각을 좀 해 봐. 나라고 자존심이 없는 줄 알아?"

톡 쏘아 붙이는 그녀의 말에, 나는 잠시 정신이 멍해졌다.

속물이라서 그런지, 이렇게 대단한 여자가 나를 좋아하면 어떻게 하나, 이를 어쩌나 하는 생각이 들었다.

나는 가만히 손을 잡아주었다.

갑자기 서러운 것이 생각났는지, 그녀는 눈물을 주르르 흘렸다. 사람이 없는 비상계단이었지만, 나는 정말 그녀가 걱정스러웠다.

도대체 나의 어디가 현주를 매달리게 하는지 도무지 모르겠다.

송충이와 배짱이가 서로 어울려 무슨 좋은 꼴을 보겠는 가?

사람이 사람을 좋아하는 것에는 이유가 없다지만, 나의 조심스러운 마음과는 달리 그녀는 감정 자제가 잘 안 되는 가 보다.

"하아, 어쩌겠니. 예쁜 네가 이렇게 울고 있으면 내가 악당이 되어버리잖아. 마침 퇴근 시간이 가까우니, 그때 그 밥집에서 보자."

"연희정요?"

"응, 거기가 이 근처에서는 그래도 방도 많고, 유명인이 와도 귀찮게 안 하거든."

"알았어요."

하긴 그녀와 내가 그동안 이도저도 아닌 사이로 지내 온 것은 맞다.

나도 평범한 남자이니, 자꾸 보다 보니 욕심이 생겼나 보 다.

하지만 그녀에게 '너는 아니다'라고 말할 수는 도저히 없었다. 솔직히 그녀에게 끌리는 것은 맞으니 말이다.

퇴근을 하는데 이수진 씨가 뒤에서 따라온다.

나는 그녀를 보며 미소를 지었다.

그녀는 전형적인 아메리칸 스타일이다. 그래서 약간의

이질감을 느껴진다.

일찍 부모를 따라 이민을 갔다는 그녀는 전형적인 바나나다.

겉모습은 한국 사람인데, 의식 구조는 완전히 미국인이라는 이야기다.

그것이 그녀가 '나는 한국인이에요' 하고 자기를 소개했을 때 웃은 이유다. 물론 한국인일 수 있다. 미국인처럼 생각하는 한국인.

"이제 퇴근하세요?"

"네, 저녁에 약속이 있어서요. 좋은 시간 보내세요."

나의 말에 그녀가 아아, 하고 말을 하며 고개를 끄덕인다.

무엇인가 할 말이 있는 듯했는데, 끝내 말을 하지 않았다.

한국인이라고는 말했지만, 정작 그녀도 한국에 와서 문화 충격을 받은 듯했다.

처음 한국에 왔을 때보다 의기소침해진 것도 아마 그런 이유가 아닐까 생각된다.

연희정에 도착하니 이미 그녀가 주문을 해놓고 기다리고 있었다.

"내가 오빠 것까지 시켰어요. 잘했죠?"

"응, 잘했네."

이곳의 음식은 비싸지만, 대신 깔끔하고 맛이 좋다. 룸이 많아 개인적인 이야기를 나눌 때 좋은 집이다.

"우리 그냥 의남매 맺을까?"

나는 조심스럽게 현주에게 말을 꺼냈다. 그러자 그녀는 갑자기 얼굴을 붉히며 화를 냈다.

"오빠! 도대체 나한테 왜 이러죠?"

"아니, 난 너와 친하게 지내고 싶은데. 괜히 내가 너에게 방해가 될 것 같기도 하고……."

"그리고?"

"아니, 그렇다는 것이지."

"좋아. 오빠가 그렇다면 난 갈 거야. 두고 봐. 복수할 거야."

현주는 30분이나 기다려 놓고, 정작 내가 오자마자 화를 내고 가버렸다.

마침 나온 음식들을 보며, 이걸 먹어야 하나 말아야 하나, 생각이 복잡해졌다.

이후 그녀는 내게 전화도 문자도 보내지 않았다.

내 전화와 문자도 싹 무시했다.

나는 또 내가 모르는 실수를 했나 보다, 하며 반성했다.

다음에 사랑이 오면 오직 내 감정만 보자 결심했지만, 이미 때늦은 후회였다.

나는 그렇게 우리나라에서 가장 아름답고 유명한 스타와 사귈 기회를 발로 차 버렸다.

실제로는, 그녀에게 차였다.

＊　　　＊　　　＊

한여름의 무더위와 함께 8월이 빠르게 지나갔다.

나는 회사의 일로 굉장히 바빴다.

STL 본사에서 대대적인 한국 투자를 결정했기 때문이다. 본사에서 온 직원들과 업무 분담에 대해 이야기를 나누느라 하루가 다 갔다.

이전에 비해 업무량이 폭증했지만, 연말에 신입 사원을 확충할 때까지는 이런 상태로 계속 가야 한다는 말을 듣고 직원들은 할 말을 잊었다.

야근이 거의 없다시피 했던 우리 회사는 날마다 야근을 했고, 이 모든 일을 조율해야 하는 기획실 직원들은 집에도 들어가지 못하는 날이 많았다.

오랜만에 찾아온 주말, 나는 지하 주차장으로 내려갔다.

그동안 일도 바쁘고 현주와의 일도 있고 해서 마음이 좋지 않았다.

차를 자주 이용하지 않는 편이라 한쪽 구석에 세워 두고 있었는데, 주차장의 분위기가 이상했다.

무엇인가 둔탁한 것들이 부딪치는 소리가 나고, 욕설도 들렸다.

"크억."

비명이 들려 나는 그쪽으로 다가갔다. 한 남자가 무릎을 꿇고 있었고, 조폭으로 보이는 건달들이 그를 둘러싸 협박하고 있었다.

"구 사장, 내 돈 먹었을 때는 좋았지? 이 새끼, 돈을 빌려 갔으면 갚아야 할 것 아냐? 이건 경고의 의미야."

두목으로 보이는 조폭이 눈짓을 하자, 검은 양복에 검은 티를 입은 남자가 품 안에서 사시미를 꺼냈다. 그리고 이미 쓰러진 남자의 허벅지를 두 번 그었다.

"크악."

고통스러운지 남자가 비명을 질렀다.

"가자."

"네, 형님."

검은 양복을 입은 사람들이 사라질 때까지 기다린 나는, 쓰러진 남자에게 다가갔다.

"괜찮으세요?"

아무런 반응이 없다.

간간이 신음만 미약하게 들릴 뿐이다.

나는 바닥에 고인 검붉은 피를 보았다. 사시미가 허벅지를 잘못 관통했는지, 피가 분수처럼 흘러내리고 있었다. 대동맥을 끊은 것 같았다.

"젠장."

나는 재빨리 차에서 끈 대용을 찾았으나, 그런 것은 없었다.

그러다 드라이를 맡겼었던 실크 셔츠가 눈에 띄었다. 거침없이 와이셔츠를 뜯어 그 남자의 허벅지를 묶고는, 뒷좌석에 옮기고 병원으로 운전을 했다.

남자의 안색은 갈수록 창백해져 가고 있었다.

나는 신호를 무시하고 클랙슨을 누르며, 비상등을 켠 채 달렸다.

사거리에서는 일부러 속도를 늦췄지만, 위험한 상황이 두 번이나 있었다.

간신히 병원의 응급실에 도착하여 의사들에게 그를 넘기고 나니, 땀이 물처럼 흐른다.

간신히 정신을 차리는데, 수술실로 급히 그를 옮긴 의사가 나에게 보호자냐고 물었다.

"같은 빌라 삽니다."

"가족들 분과는 연락이 되어야 할 텐데요."

"수술비는 걱정하지 마시고, 일단 조치를 취해주시죠."

"그것은 걱정하지 마십시오. 대동맥이 파혈되어 피를 많이 흘린 것 같아 수혈을 시켰으니, 목숨에는 지장 없을 것입니다. 그런데, 조폭에게 당한 것 같더군요."

나는 의사의 얼굴을 쳐다보며, 놀란 표정을 지었다. 그러자 그는 겸연쩍은 미소를 지으며 말했다.

"전에 있던 병원에서도 저런 환자를 보았죠. 조폭들은 허벅지를 많이 노린다고 하더군요. 대퇴부에 있는 동맥이나 정맥을 끊으면 치명적이죠. 심하면 사망하고 병신이 될 확률이 높은 반면에, 재판에서 죽일 의도는 없었다고 항변할 수 있어서 그렇다고 하더군요."

"아!"

그는 나에게 자판기 커피를 권하며 말했다.

"아마 수술에 들어갔을 겁니다. 너무 위급한 상황이었으니까요. 그럼 보호자 분에게 연락을 할 수 있는 방법은 없습니까?"

"저도 잘 모르는 분입니다. 여기 제 명함이 있습니다. 깨어나거나 이상이 생기면 연락을 주십시오."

피에 젖어버린 티와 청바지 때문에, 다시 집으로 올 수밖에 없었다.

돌아오면서 어떻게 조폭들이 빌라의 주차장에 난입할 수

있을까 생각했다.

빌라의 주민들이 많은 관리비를 내지만, 조폭들의 사시
미에는 경비 업체 직원들이 손을 들 수밖에 없었을 거다.
누구에게나 목숨은 소중하니 말이다.

옷을 갈아입고 다시 세차장으로 가서, 뒷좌석을 세척해
야 했다.

놀라는 세차 직원에게 응급 환자를 운반하다가 그렇게
되었다고 알려주었다.

직원은 나의 옷과 차를 보고는 고개를 끄덕였지만, 얼굴
을 찡그리고 있었다.

나는 평상시보다 몇 배나 더 돈을 지불하고 강변고속도
로를 탔다.

"어디로 가지?"

문득 바다와 사람, 시장이 보고 싶어졌다.

우울한 기분에 무작정 길을 떠났다.

*　　　*　　　*

속초에 도착하여 펜션에 방을 얻은 뒤, 사람들이 많은 곳
으로 무작정 걸었다.

휴가철이 지났는지라, 거리에는 사람들이 별로 없었다.

사람들에게 물어 시장으로 가, 파전에 동동주 한잔을 마셨다.

해물 파전이 입에 착 감겼다. 바다가 가까워서인지, 굴과 홍합 오징어 새우까지 들어간 풍성한 파전이었다.

이 가격에 남을까 싶을 정도로 잘 나왔다. 휴양지와 한참 떨어진 재래시장이라서 그런가 하는 생각도 들었다.

"이렇게 많이 주시면 남는 게 있으십니까?"

"손님, 걱정 마세요. 생각보다 많이 남아요. 설마 손해 보고야 팔겠어요?"

"그럼 다행이네요."

두툼한 파전을 무려 두 장이나 시켜 먹고 동동주도 한 병 다 마시고 나니, 우울했던 마음이 사라졌다.

시장을 구경하면서, 아니, 시장 사람들의 바쁘게 사는 모습을 보니 왠지 힘이 났다.

저녁거리가 될 만한 것을 사고 오니, 펜션에 새로 사람이 도착했는지 소란스럽다.

나는 방에서 자동차에서 가져온 가벼운 옷들로 갈아입었다. 옆방에 손님들이 들어온 모양이다.

냉장고에서 차가운 물을 따라 마시고 1층의 거실로 나오니, 주인아주머니가 TV를 보고 계신다.

'주방진 쇼'였는데, 게스트로 나온 사람은 장우성과 서현주였다. 이미 한창 진행된 듯, 영화 이야기가 거의 끝나 가고 있었다.

"특히 이번에 현주 씨의 연기가 대단했다는데, 장우성 씨 맞습니까?"

"제가 이런 말씀드리면 믿으실지 몰라도, 현주 씨가 작년 에 톡톡 튀는 연기를 하였다면, 이번에는 사랑에 빠진 여자 인수 역을 맡았는데 솔직히 무척 놀랐습니다. 사실 그동안 현주 씨에게 CF나 찍는다고 놀렸거든요. 물론 부러웠지만, 말속에 뼈가 있잖아요. 배우는 연기로 말을 해야 하는데, 현주 씨는 그동안 좀 그런 부분이 부족했지요. 하지만 여러 분도 보시면 깜짝 놀라실 것입니다."

TV 화면에 현주의 얼굴이 클로즈업되어 비췄다.

그동안 보지 못한 이유가 영화를 찍느라고 그랬군.

이제 나와는 아무 관련이 없는, 아니, 어떻게 보면 처음 부터 관련이 없었던 사람이다. 풋풋하고 싱그러운 그 얼굴 을 보니 마음이 따듯해졌다.

이상하게 헤어지기는 했지만, 그녀는 한여름의 소나기처 럼 내 마음을 뒤흔들고 간 사람이었다.

비가 그치면 그제야 나무와 풀이 모습을 드러내듯, 지난 시간을 생각하면 입가에 미소가 저절로 고인다. 그녀는 그 렇게 내게 특별한 의미로 남았다.

화면이 바뀌고, 대화도 이제 종점을 향해 가고 있었다. 주방진이 지나가는 말로 현주에게 물었다.

"현주 씨는 사귀시는 분이 아직 없으시죠?"

"왜 없다고 생각하세요? 은근히 기분 나쁜데요."

"아니, 뭐⋯⋯."

예상치 못한 답변에 당황한 듯, 주방진은 머뭇거리다가 재빨리 화제를 돌렸다. 역시 노련한 MC였다.

"어떤 분이십니까? 대한민국의 모든 남자의 공적이 될 그분 말입니다."

"그것은 제 개인 프라이버시고요, 아무튼 잘 만나고 있어요."

"하하, 그렇군요. 누군지 모르지만 정말 부럽습니다. 그렇지 않습니까?"

"아니, 주방진 씨. 저를 보며 그렇게 말씀하시면 곤란하죠. 제가 여자 친구 있는 거 다들 아시는데. 그것도 사귄 지 7년이나 되었는데, 그렇게 물으시면 어떻게 대답을 해야 하는 겁니까?"

"아, 또 그런 문제가 발생하는군요. 하하, 죄송합니다."

이야기가 조금 더 진행되다가, 영화 홍보를 다시 하며 주방진 쇼는 끝이 났다.

나는 약간 멍했다. 다른 남자를 사귈 것이라고 예상은 했지만 너무 빨랐다.

나에게 좋아한다고 말한 지 불과 2달도 안 되어 다른 남자를 사귀다니, 좀 씁쓸했다.

술이나 한잔할까 하는 생각에 밖으로 나가는데, 여자 둘이 야외용 바비큐 기구에서 고기를 굽고 있었다.

벌써 밥 때가 되었나 하는 생각을 하고 시계를 보니, 7시 20분이었다.

저녁 시간으로 오히려 조금 늦은 편이었다.

펜션의 문을 막 열고 나가려는데, 여자 중 하나가 아이스박스를 평상으로 가져가려 하고 있었다.

조금 무거워 보여 '도와드려요?' 하고 물으니 감사해요, 한다. 아이스박스를 들어 평상에 가져다주자, 여자가 고맙다는 인사를 다시 했다.

"힘이 세시네요."

"남자가 이 정도 힘도 없으면 곤란하죠."

"한 잔 하시겠어요?"

"주시면 한 잔 얻어먹겠습니다."

아이스박스를 열고 소주를 꺼내더니, 한 잔을 준다.

놀랍게도 아이스박스 안에 든 것이 대부분 술이었다. 남자들이 둘이 밤새면서 소주를 박스 채로 먹었다는 말을 하곤 하는데, 이 여자들이 바로 그 꼴이었다.

나는 몇 잔을 더 얻어먹고, 근처에 있는 편의점으로 향했
다.

레몬 맛이 나는 칵테일을 3병 샀다. 그중 한 병을 여자들
에게 주고, 나는 방에 올라왔다.

먼 산을 바라보며 술을 마셨다.

아까 시장에서 사 온 튀김 조금하고, 냉장고에서 양식 돔
회 한 마리를 꺼내 안주로 먹었다.

튀김은 식어 맛이 없어졌지만, 술안주로는 나쁘지 않았
다.

혼자 그렇게 술을 자작하고 있는데, 마당의 두 여자가 하
는 이야기가 열려진 창문을 통해 타고 들려온다.

"그 남자 괜찮지 않았니?"

"눈은 있어 가지고."

"그 남자가 나를 바라보는데, 쫄려서 죽는 줄 알았다."

"난 이년아, 거기가 벌렁벌렁했었어."

좀 거칠게 이야기를 하는 것을 보니, 사연이 있는 사람들
같아 보였다.

"내가 꼬셔 볼까?"

"지랄하지 마라, 이년아."

"왜? 내가 못할 것 같아?"

"네년이 그렇게 눈치가 없으니, 그 외모 가지고도 남자한

테 맨날 차이는 거야. 여자 혼자 물레방앗간에 들어간다고 애 생기는 것 봤니? 남자랑 여자랑 눈이 맞아야 다음 단계를 나가는데, 그 남자가 우리 대할 때 눈 못 봤어? 아무 감정이 없는 눈이었잖아. 여자 둘만 달랑 이런 곳에 왔으면 어떻게 해보려고 하는 게 남자들의 속성인데, 그 남자는 우리들에게 관심 자체가 없었어, 이년아."

술이 센지, 어느 정도 마신 것 같았는데 여자들은 전혀 취한 것 같지 않았다.

상당한 거리였지만, 목소리가 아주 선명하게 들려왔다. 아마 강화된 육체의 새로운 기능인 듯했다.

'흠, 괜히 엿듣는 것 같네.'

나는 술을 먹다가, 방에 있는 거울을 통해 내 모습을 비추어 봤다. 그저 그런 모습이었다.

그런데 과거와 달리, 여자들이 자신을 너무 다르게 보고 있었다. 마치 드래곤 하트가 남성 페르몬이나 되는 듯 관심을 가진다.

내 삶에 여자가 무슨 의미가 있을까 싶어, 매력이 넘치는 지금의 모습도 그다지 달갑지 않았다.

나는 내 아들을 대신하여 살고 있는 것이다. 회귀를 통해 모든 것이 무(無)로 변했지만 내 의식 속에는 아직도 살아 있다.

'더 떳떳하게 살면 아들 민우에 대한 잠재의식마저도 사라지겠지. 그날을 기대해야 하나, 아니면 그리워해야 하나?'

　술이 정신을 잠식하니 생각만 어지러웠다.

　밤이 되자 펜션의 방은 모두 꽉 차버렸다.

　나는 술을 마저 다 마시고 이내 자버렸다.

　　　　＊　　　　＊　　　　＊

　오후가 되기 전 펜션에서 나와 서울로 올라가는 길에, 병원에서 전화가 왔다.

　수술도 잘되었고 환자의 의식이 돌아왔다고. 나는 지방에 있으며 올라가는 중이라고 말하고, 시간이 되면 병원에 들르겠다고 말했다.

　고속도로가 막히기 시작하더니, 한동안 가다 서다를 반복하였다.

　서울에 도착하자 일곱 시가 훌쩍 넘어갔다.

　병원으로 가려다, 환자가 의식은 회복했지만 아직 말할 수 있는 상태가 아닐 것 같아 그냥 집으로 향했다.

　집에서 어머니에게 잔소리를 좀 듣고 늦은 저녁을 먹었다.

내 나이 47인데 이러면 안 될 것 같아 정신을 다잡았다. 이렇게 살면 다시 사는 의미가 없다.

내일부터 다시 운동을 해야겠다는 생각을 하며, 가볍게 위스키 한 잔을 하고 잠자리에 들었다.

자리에 눕자 '저 사귀는 사람 있어요' 하는 그 소리가 귓가에 맴돈다.

내일부터는 이렇게 바보처럼 살지 말아야지, 다짐을 하고는 깊은 잠에 빠졌다.

*   *   *

회사 일이라는 것은, 어제와 거의 똑같은 일을 내용만 다르게 계속 반복한다.

그 반복이 기술이 되고 노하우가 되면, 어느덧 중년의 나이다.

그리고 그 나이가 되면, 이제는 평균 이상의 그 무엇이 없으면 회사에 남아 있기 힘들어진다. 인생은 투쟁의 연속인 것이다.

며칠 전에 산 주식 시세를 보니 조금 올랐다.

금괴를 처분하는 것은 그다지 어렵지 않았다.

우리나라에서 유통되는 금 대부분이 밀수로 들어왔다는

말이 돌 정도로, 금은 비밀 거래가 많다.

공인 감정서가 없어 감정 수수료를 지불하고 커미션으로 다시 얼마를 제하고 나니, 5억이 조금 넘는 돈이 들어온다.

10킬로그램 조금 안 되는 금괴였다. 일반적인 금괴는 1킬로그램짜리가 대부분인데, 내가 가진 금괴는 순도가 조금 낮았던 것도 돈을 제대로 못 받는 역할을 했다.

'인생은 살며, 사랑하며, 배우는 것의 연속이다.'

레오 버스카글리아의 책 제목이기도 하다.

이 책의 서두는, 멋진 스포츠카를 타고 절벽으로 뛰어내린 아름다운 여자의 이야기부터 시작한다.

무엇 하나 남 부러워할 것 없지만, 마음속 깊이 상실과 공허를 안고 사는 현대인들의 '조용한 절망'에 대해서 말한다.

해결책은 '사랑'이라고 나와 있다.

나도 이제는 그의 말대로 사랑을 시작해야겠지.

그 누군가를. 아니면 이 땅의 젊은 사람들이 조용한 절망에 죽어 가지 않게 하기 위해.

길가에서 지나가는 사람의 뒤통수를 치지 않고, 쾌락에 탐닉하지 않아도 살 만한 세상을 만드는 것이 나에게 주어진 두 번째 삶의 소명일지도 모르지.

일을 마치고 병원에 가니, 칼에 허벅지를 찔렸던 남자는 말없이 병원 침대에 누워 있었다.

천천히 병실 침대 가까이 다가가자 그가 나를 바라보았다.

"안녕하십니까? 같은 빌라 사는 김이열이라고 합니다."

그가 아, 하고 감탄을 짧게 뱉었다.

"말을 하실 수 있으십니까?"

남자가 고개를 끄덕였다.

나는 다소 창백한 그를 바라보았다. 수술을 3시간이나 했던 남자는 정말 빠른 회복을 보여 주고 있었다.

"다행입니다."

"구해주셔서 고맙습니다."

"같은 빌라에 사는 사람끼리 도와야죠."

남자의 이름은 구일환이었다.

이야기를 통해 들은 그는, 사업을 하다 사채에 손을 대었다 한다.

그다음 이야기는 신문이나 뉴스에서 들은 그대로다.

살인적인 고금리를 감당 못해, 연체에 연체가 되었단다.

사업을 하는 사람들은 이게 문제다. 아니다 싶으면 중간에서 손을 떼야 한다.

하지만 고용된 직원들과 그동안 투자한 금액 등을 생각해 이번만, 이번만 하다가 깊은 수렁에 빠진다. 평상시라면 손도 안 댈 사채를 끌어다 쓰는 것이다.

나는 그 남자와 이야기를 하며, 병원비는 걱정하지 말라고 했다.

다행히 그 와중에도 의료 보험료는 연체가 안 되어 있었다.

병원비는 그다지 많이 나오지 않을 것 같아 마음이 한결 가벼웠다.

덕을 쌓는 일이라 생각하고 기분 좋게 그를 위로 했다.

"어, 이열 씨 아니세요?"

뒤를 돌아보니 이수진 씨다. 어떻게 된 일인가 싶어 남자를 바라보니, 그도 놀란 듯하다.

"이모에게 들었어요. 이모도 곧 올라오신대요. 저보고 먼저 이모부 시중 좀 들라고 해서 왔어요. 그런데 이열 씨는 정말 의외네요."

뜻밖의 상황에 나도 놀라긴 마찬가지였다.

"저도 놀랍군요."

"이모부 잠깐만, 이열 씨하고 이야기 좀 하고 올게요."

남자가 고개를 끄덕인다. 말을 할 수는 있으나 하면 쉽게 지치는지 고개만 끄덕였다.

병실을 나와 1층의 휴게실에서 커피를 마셨다.

"고마워요. 이열 씨 아니었으면 이모부 돌아가셨을 거라는 이야기를 들었어요."

"그 상황이면 누구나 그렇게 했을 겁니다."

"그렇지 않아요. 어제 병원에 와서, 사실 너무 놀라 정신이 없었지만 초등 조치가 늦었다면 바로 사망했을 거라고 의사가 그러더군요. 이열 씨가 오면서 전화를 해준 덕분에, 수술 준비를 모두 마친 상태에서 이모부를 맞이할 수 있어서 살아난 거래요."

"아, 네."

하긴 그제 비상등을 켠 채, 클랙슨을 미친 듯이 누르며 도로 위를 질주했었다.

114에 전화를 걸어 병원의 전화번호를 알아내고 자동 연결을 부탁하는 등 정신이 없긴 했다.

"어떻게 된 겁니까?"

"저도 잘은 몰라요. 다만 사채를 빌려 준 사람들이 집을 경매로 넘기고 싶어 하는데, 소유주가 이모 이름으로 되어 있거든요. 원래 이모 돈으로 샀는데, 돈을 빌리고 갚지 않으려 명의 이전한 것으로 여겨요. 서류를 떼어 보면 알 텐데요."

"알고는 있었을 겁니다."

돈을 빌려 주는 사람이 이것저것 안 알아보고 했겠는가?

특히 사채업을 하는 사람들이. 받을 길이 없으니 폭력을 행사하고, 생명에 위협을 느끼면 마지못해 갚겠지 하는 것이다.

일이 잘못되면 찌른 놈이 총대를 메고 감옥에 가고 말이다.

"이열 씨가 이모부 집과 방향이 같다고 해서, 사실은 이야기를 좀 하려고 했었거든요, 그때. 그런데 이열 씨는 약속이 있다고 하셔서. 하아, 이렇게 같은 빌라에 사실 줄은 정말 몰랐네요."

"아아."

근래 그녀의 얼굴이 어두웠던 이유는 단순히 미국과 한국의 문화적 차이에서 오는 그런 것이라 생각했었는데, 아니었나 보다.

역시 짐작만 하면 이런 일이 발생한다. 사람은 말을 해야 그 사람의 정확한 의도를 알 수 있는 법이다.

예전에 아는 여자 분이 입술 위에 작은 밴드를 붙여서, 어제 너무 정열적인 밤을 보냈나 생각했었다. 그러다 궁금해서 물어봤더니 웃으며 대답해 줬다.

'점 뺐어요.'

참 사람의 짐작이란 이렇게 어이가 없는 법이다. 대부분의 문제는 이렇게 지레짐작하고 혼자 오해를 키워서 생긴다.

나는 이런 오해를 한 적 없나?

나도 모르게 주위를 둘러보았다.

저녁의 서늘한 바람이 스쳐 지나간다.

8장

노을 뜨다

구일환 씨가 입원해 있는 병원에는 다시 가지 않았고, 내가 병원비를 내는 일도 없었다.

그동안 친정에 가 있었던 수진 씨의 이모가 지불한다고 하니, 아무 사이도 아닌 내가 굳이 돈을 쓸 이유는 없었다.

가끔 수진 씨에게 그의 소식을 듣기는 했지만, 원래 아는 사이도 아니니 한 귀로 듣고 한 귀로 흘려보냈다.

주식으로 수익이 조금씩 늘어나자, 나는 주식에 관한 책을 사서 보았다.

회사 생활은 나름 재미는 있지만, 목표를 이루기 위해서 그만둬야 할 것 같았다.

사람 마음이라는 것이, 이게 중요하다 싶어도 막상 다른 곳에서 돈이 들어오면 그리로 관심이 간다.

난 제조업에서 실패를 했기 때문에 트라우마가 잠복하고 있어, 기업을 경영하는 일이 꺼려졌다.

제조업은 성공하면 엄청나게 벌지만, 전생의 경우처럼 더 큰 놈이 찍어 누르면 맥없이 당해야 한다.

수진 씨가 이모부 일로 고맙다며 저녁을 사겠다고 했다.

나는 회사에서 가까운 레스토랑으로 갔다. 이런 대중식당은 특별한 곳이 아니면 맛이 거기서 거기다.

대충 아무거나 시켜 먹고 커피를 마시려고 하는데, 술도 한잔하잔다. 그래서 가까운 바로 갔다.

이 바는 가끔 재즈 음악인 키스 자렛의 곡을 틀어 준다.

즉흥적인 연주로 유명한 그는, 그 때문에 만성 피로 증후군이라는 병에 걸리기도 한 재미있는 사람이다.

피아노를 들으며 우리는 이야기를 나눴다.

그녀는 자주 나의 말에 웃어주었다. 어두운 조명 아래 갸름한 얼굴과 안경이 그녀를 유독 지적으로 돋보이게 해준다.

이야기를 마치고 헤어지려는데, 그녀가 갑자기 키스를 해왔다.

창백한 안경 너머로, 타오르는 정렬적인 그녀의 눈이 감겼다.

당황했지만 빼는 것도 이상해 가만히 있자, 그녀의 혀가 내 입안을 제멋대로 날아다닌다.

아, 부시 전 대통령은 텍사스에서 키스 제일 잘하는 남자라는 말이 있었다는데, 이 여자도 키스 하나만큼은 예술이었다.

그냥 키스가 아니라 맛이 다르다. 단순히 핥고 빠는 것이 아닌, 마치 춤을 추는 것 같았다.

느낌도 색다르다. 한참을 그렇게 키스하던 그녀는 조그마하게 속삭이다.

"우리 자리를 옮겨요."

나도 참을 수 없는 욕망을 느껴, 그녀와 손을 잡고 호텔 방에 들어왔다.

그녀는 정열적으로 키스를 퍼부었다. 이전의 키스가 봄비라면, 이번에는 소나기처럼 뜨거웠다.

"제가 먼저 씻을게요."

수진 씨의 반달곰 같은 눈을 보며, 나는 고개를 끄덕였다.

그녀가 씻고 나온 뒤, 나도 가볍게 샤워를 마치고 나왔다.

"와우, 대단하네요. 이렇게 멋진 몸일 줄은 전혀 몰랐어요."

이게 남자가 여자에게 칭찬으로 들을 내용인지 몰라 머뭇거리고 있자, 그녀는 가운을 벗고 내가 걸친 가운도 벗겨냈다.

확실히 의식 구조가 다른지, 표현이나 행동이 적극적이고 과감했다.

시간이 흘러 우리는 같이 침대에 누웠고 나도 모르게 그녀의 몸을 더듬고 있다가 문득 정신이 번쩍 들었다.

이래서는 안 된다는 것, 이 몸은 내 것이 아니었다.

이렇게 하는 것은 죽은 민우에게 부끄러운 짓이었다.

동시에 그녀의 얼굴 위로 현주의 아름다운 얼굴이 겹치자, 흥분이 갑자기 사그라졌다.

"아, 수진 씨, 잠깐요. 미안해요. 우리 이러면 안 될 것 같아요."

수진은 그게 무슨 뜬금없는 소리냐는 표정을 짓다가 피식 웃었다.

"당신, 생각보다 귀엽네. 푸훗. 아, 내가 애인이 없었다면 당신 사랑할 것 같아요."

"뭐라고요?"

애인이 있다는 그녀의 말에 나는 깜짝 놀랐다.

"흠, 뭐 내키지 않으면 어쩔 수 없죠. 나 이렇게 거절당하긴 처음이에요. 너무했다."

그녀의 상처 입은 듯한 표정에 괜히 미안해졌다. 너무했다는 마지막 말이 가슴에 남았다.

그녀의 말이 맞았다. 이럴 거면 오질 말았어야 한다.

"종교 있으세요?"

"아뇨. 무교입니다."

"신기하다. 이전까지만 해도 굉장히 좋았으니, 용서해 줄게요. 아, 이를 어쩌나."

그녀는 말을 하며 째려본다.

"하아, 그럼 우리 술이나 한잔하고 가요."

그녀는 냉장고에서 맥주를 꺼내 내게 내밀었다.

그녀는 다시 생각을 해봐도 황당한지 하하, 하고 소리를 내어 웃었다. 졸지에 나는 미친놈이 되고 말았다.

하지만 다행스럽게도 별말 없이 그녀가 일어나 주섬주섬 옷을 입기 시작했다.

"뭐, 이런 에피소드도 있어야 사는데 재미가 있겠죠. 그래서 당신을 용서해 주기로 했어요."

나는 미안하다고 거듭 사과를 했다. 이거 괜히 사이만 이상해졌다.

그녀는 자신의 몸을 내게 보여준 것이 마음에 걸린 듯 얼굴을 붉혔다.

"흥, 여자는 이럴 때 상처 많이 받아요. 다음부터는 주의를 하도록 하세요. 오늘은 내가 서두른 탓도 있으니, 욕하진 않을게요."

대놓고 욕은 안 했지만, 한 거나 마찬가지였다. 욕을 먹지 않았지만 무지 심한 욕을 먹은 것 같은 느낌이 들었다.

'뭐, 내가 이렇지.'

나는 집으로 돌아와 침대에 누워 한숨을 쉬다가 샤워를 했다.

거울을 통해 축 처진 어깨와 붉은 눈을 보았다. 광포한 드래곤의 눈을 닮은 붉은 눈이 나를 노려보고 있었다.

나는 수진 씨에게 미안해, 한동안 그녀에게 밥을 사고 커피도 샀다.

어쩔 수 없었다. 같은 부서에 일하는데, 계속 얼굴을 붉히며 지낼 수는 없었기 때문이다.

나의 정성이 통했는지 그녀는 화를 푼 듯 보였다.

말로는 아무 것도 아닌 척하였지만, 그동안 그녀는 괜히 툴툴거렸고 업무에서도 나와 다른 의견을 많이 내곤 했었다.

*　　　*　　　*

워런 버핏에 대한 책을 읽으며 나는 이 사람에 대해 호기심을 가지게 되었다.

그는 참 특이한 사람이다. 그의 딸 수잔이 돈을 빌려 달라고 하자, 버핏은 은행에 가서 알아보라 했다고 한다.

'하, 참 대단하기는 하네.'

그는 열한 살 때 열네 살 된 누나를 꼬드겨, 38달러의 시티즈 서비스 우선주 3주를 사게 했다.

이 주식은 27달러로 떨어졌고, 그는 누나에게 매일 시달렸다.

결국 주가가 40달러가 되었을 때, 그는 주식을 처분했다. 수수료를 제하고 5달러의 이익을 남겨, 누나에게 돌려주었다.

그러나 버핏이 팔자마자, 그 주식은 200달러까지 오른다.

그는 이 일로 2가지 원칙을 세웠다.

첫째, 다른 사람의 말에 좌우되지 말라.

둘째, 고객을 상대할 때 당신이 무엇을 하고 있는지 고객에게 말하지 말라.

그가 얼마를 벌고 얼마를 자식들에게 물려주었는가가 중

요한 것이 아니라, 원칙을 지키려고 한 것이 중요하다.

자신이 경험하고 체득한 지혜를 사용하지 않는다면 인간은 발전은 없는 법이다.

아버지가 억만장자임에도 불구하고, 자식들이 유산으로는 받는 금액은 신탁을 해놓은 몇 십만 달러에 불과하다. 그의 재산 99%는 사회에 기부할 것이라고 말한다.

돈을 버는 것보다 원칙을 지키는 것이 더 중요함을 알았으니, 삶의 원칙을 먼저 세우기로 했다.

나는 프레벨을 소환했다.

어둠 속에서 튀어나온 그것은 순식간에 나의 온몸을 감싼다.

마도시대의 병기, 자크 에반튼이 드래곤을 사냥할 수 있게 해준 마법 병기다.

1서클의 마법사가 된 후에야 비로소 착용이 가능하였다.

나는 이 프레벨을 보며, 슈퍼맨이라도 된 듯한 느낌을 가졌다.

나는 어둠에서는 악마가 되고 빛에서는 천사가 되어 사는 것은 어떨까 생각했다. 흥미롭다. 그러나 쉬운 일은 아니었다.

'풋, 꿈 깨라. 그걸 아무나 하진 못하지.'

전능한 프레벨을 착용하고 조폭과 악당을 다 죽인다고

해도, 세상은 천국이 되지 않는다. 인간의 욕망이 변하지 않는 이상 말이다.

하지만 나에게 준 힘을 사용하지 않을 수는 없다. 내 손에 들어온 것은, 내가 그것을 사용하라는 신의 의지가 아닐까?

이제 문제는, 저 신기한 것을 사용하고서 어떻게 하면 그 보응이 나에게 돌아오지 않을까였다. 과연 할 수 있을까?

거대한 힘을 가져도 타락하지 않을 자신이 있나, 반문하니 자신이 없었다.

이런 큰 힘을 주기 위해, 신은 나에게 그 끔찍한 일을 경험하게 했는가?

아직은 모든 일이, 맞지 않은 옷을 입은 느낌이다. 무엇을 하든 더 시간이 필요했다.

나는 자리에 앉아 마법의 주문을 연습했고, 그것을 끝낸 뒤 마나 서클을 돌렸다.

우우웅.

마나가 심장 주위로 맹렬히 돈다.

마치 200마력의 자동차가 튀어 나갈 준비를 하는 것처럼 힘차게. 이전의 나와 지금의 나를 비교하면, 아기와 어른이다.

문제는 이 엄청난 힘을 사용하고 싶어도, 사용할 방법이 없다는 점이다.

1서클의 마법은 아쉽게도 통제가 잘 안 된다. 1서클의 마법을 원하는 정도로 사용하려면, 적어도 3서클의 마법사가 되어야 한다. 그래야 마나를 다스릴 수 있는 것이다.

결국 어지간하면 마법을 쓸 일도, 저 기똥찬 프레벨도 사용할 일이 없었다.

가장 중요한 것은, 아직 힘을 사용할 만한 일들이 일어나지 않았다는 점이다.

*   *   *

다음 날, 주식은 내렸다. 그것도 아주 폭삭.

역시 쉬운 일은 없다. 이런저런 서적을 읽고 내린 결론은, 결국 주식은 인간의 심리를 이해하지 않으면 성공할 수 없다는 점이었다.

나만 주식을 사면, 주식이 오를 일이 없다. 다른 사람도 사야 오른다.

이때는 이미 꾼들이 대량 매집해 놓은 물량을, 위에서부터 팔아먹을 준비를 하고 있다.

그래서 주식이나 부동산은 폭락할 때 사고, 활황기에는 팔아야 한다.

사는 사람도 파는 사람도, 마치 조울증 환자처럼 과도하게 움직일 때가 상투다.

주식은 인간의 심리를 예리하게 분석하지 않으면 돈을 벌 수 없다.

나는 애플의 아이폰을 생각했다.

스티브 잡스가 2007년에 만든 아이폰은, 전 세계의 사람들의 생활을 바꾸었다.

그는 이 성공에 대해 '기술과 인문학의 결합'이라고 말했다. 결국 돈을 벌려면, 인간에 대해 깊은 연구가 없으면 안 된다.

전생의 기억을 통해 보면, 스티브 잡스만큼 탁월했던 사람도 없다.

스티브 잡스는, '죽음은 삶이 만든 최고의 발명품이다 (Death is very likely the single best invention of life)'라고, 자신의 죽음을 빗대어 스탠퍼드 대학교에서 연설했다.

그다운 말이었다. 자신의 죽음마저 삶의 발명품으로 치부했으니 말이다.

그러나 나는 이 말보다, '자신의 인생을 위해 가슴과 직관의 목소리를 따르라'는 말이 더 와 닿았다.

이것들은 하나로 연결된다. 직관을 따르는 예술가처럼 사물을 바라보고, 갈망하는 목표를 이루기 위해 나아가야 한다.

내 삶을 움직일 직관은 무엇이고, 갈망이 무엇인지를 찾는 작업을 먼저 해야 한다. 그리고 우직하게 노력해야겠지.

'Stay hungry, stay foolish' 스티브 잡스가 찾았듯, 내 삶을 움직일 그것을 갈망해야 한다. 무엇보다 그것이 절실하게 필요했다.

직관은 감각이나 생각, 판단 추리를 통하지 않고 대상을 파악하는 것이다.

그래서 그가 만든 아이폰, 아이패드는 직관적이다. 보면 그냥 느낌이 온다. 아, 제품이 참 심플하다. 편하다. 좋다.

애플이 세계적인 성공을 할 수 있었던 것은, 스티브 잡스가 디자이너 조나단 아이브를 신뢰했기 때문이다.

스티브 잡스는 디자인이야말로 '인간 창조물의 영혼이다' 라고 말하며 디자인의 중요성을 강조하였다.

처음 엔지니어와 경영진의 요구를 수용해 조나단 아이브가 만든 기술 주도형 PDA '뉴튼'은, 시장에서 무참하게 외면당하고 말았다.

이후 스티브 잡스가 경영에 복귀하고, 반투명한 청록색의 iMac(1998)을 발표하자 적자에 시달리던 애플은 단번에 회복한다. 이 청록색의 iMac은 조나단 아이브의 스케치북에 있었다.

이처럼 경영자란, 여러 유능한 직원의 천재성을 발견하는 안목 없이 성공할 수 없다.

제조업이 물건만 잘 만든다고 되는 게 아니라는 말이다. 물건을 만들 때마다 영감이 필요하다.

만약 내가 새로 사업을 하게 된다면, 스티브 잡스처럼 하고 싶다.

기술과 인문학의 결합, HCI(Human Computer Interaction)는 개발자가 아닌 사용자 위주로, 쉽고 편하게 사용할 수 있도록 작동 시스템을 디자인하는 것을 말한다.

스티브 잡스의 핵심이다. 인간 중심에서의 편리성.

엔지니어들이 외치는 스펙을 따지다가는, 시장에서 한 방에 훅 간다.

소비자는 엔지니어들처럼 기능에 광적으로 미치지 않기 때문이다.

소비자들은 심플한 디자인에 더 관심을 가진다.

에르메스 버킨 백이 기능이 좋아서 1,200만 원이나 하는 것은 아니다.

*　　　*　　　*

오랜만에 TV를 틀었더니, '연예가 중계'가 하고 있었다.

한창 뜨고 있는 남자 배우 마광석을, 개그맨 장종만이 인터뷰하고 있었다.

"지금 연애를 하시나요?"

"연애요? 잘 모르겠어요."

"에이 그래도, 연애는 하시죠?"

"연애는 항상 하고 있죠."

애매모호한 대답에, 장종만이 특유의 제스처를 취하며 다음 질문으로 넘어갔다.

나는 냉장고에서 얼음을 꺼내 토니워터를 마셨다. 거실로 돌아오니 현주가 나오고 있었다.

'아, 이제는 화면에서밖에 못 보네.'

많이 아쉬웠다.

마음속에 하나의 벽이 남아 있었다. 행복하면 안 된다는 강박관념에 스스로 벽을 만들고 그녀를 받아들이지 못했지만, 많이 좋아하긴 했다.

원래 놓쳐 버린 물고기가 더 아쉬운 법이니까. 그러고 보니 나도 제법 속물이었다.

"이번 영화에 대한 반응이 폭발적이라고 하던데요?"

"예, 저도 놀랐어요. 관객분들이 이렇게까지 많이 찾아주실 줄은 몰랐거든요."

"벌써 150만이 넘어가고 있죠?"

"아, 네. 연말까지 상영할 예정이라, 그러면 좀 더 늘겠죠."

"아 참, 그 애인분은 잘 계십니까?"

"풋, 잘 있어요. 너무 잘 있으니 염려하지 마세요."

"그럼, 결혼은……?"

"더 나가지 마세요. 제 나이가 있는데요. 후후."

그녀는 새로 사귄 애인과 행복한가 보다.

뭐, 그럼 된 거다. 아쉽긴 하지만 애초에 그녀는 너무 빛나고 화려했다. 내가 감당하기 힘들 정도로.

"젠장, 지금 봐도 예쁘네."

나도 모르게 중얼거렸다.

배우니 예쁜 게 당연하지만, 전까지는 연예인을 달나라 사람 취급 했었다. 이제 인간인 것을 알아버렸다.

'하아, 행복하게 잘 살아라.'

나는 어머니 몰래 와인 냉장고에 숨겨 놓은 위스키를 따라 마셨다.

요즘 들어 술을 먹는 빈도가 높아졌다. 아침마다 꾸준히 운동을 하고 있지만, 술을 마심으로 그 효과가 반감되었다.

마음이 싱숭생숭 답답하였다.

갑자기 나타나 '밥 사줘요' 하던 아이가 다른 남자를 만나고 행복한 미소를 짓고 있다. 씁쓸하지만 원래 인생은 이런 것이라고 생각했다.

'아, 찌질한 짓을 하고 있구나. 이게 뭔지, 하아.'

나는 위스키 한 병을 다 마시고, 침대에 그대로 뻗어버렸다.

그 독한 술을 안주도 없이 먹어대었으니 뻗는 것이 당연한 일이다.

* * *

아침마다 운동하러 가는 학교 운동장에, 엄마와 함께 나와 뛰는 꼬마 여자애가 있다.

엄마의 걸음을 못 쫓아 이내 혼자 걷는 그 아이가 큰 눈으로 나를 바라본다. 진주처럼 반짝반짝하는 눈이 너무 예쁘다.

"엄마하고 같이 왔니?"

"네."

"아침 일찍 일어나는 것 안 힘들어?"

"힘들어요."

"그런데 왜 이렇게 일찍 나왔어?"

"엄마는 항상 회사를 가셔야 하거든요. 난 엄마하고만 있고 싶은데……."

아이는 엄마가 좋아서 새벽부터 나와 운동을 같이하는 것이었다.

습관이 되었는지, 운동장 한 바퀴를 기어코 뛰었다.

나도 걷는 듯 천천히 발을 맞추었다.

거의 제자리 뛰기에 가깝지만, 어제 마신 술이 과해 속이 쓰렸다.

그러나 이렇게 예쁜 아이를 보는 것은 기분이 좋다.

이미 일주일 이상 아침마다 본 사이라, 어린 딸이 나와 이야기해도 아이 엄마는 경계하지 않았다.

"소연이 운동 다했어?"

"응, 엄마."

진한 청록 추리닝을 입은 그녀는, 평균 키보다 약간 커 보였다. 숨을 거칠게 쉬면서 다가오더니, 곧 나를 보며 인사한다.

"안녕하세요."

"안녕하세요. 아이가 너무 예쁘네요."

"호호, 감사해요. 소연아, 오빠한테 고맙습니다, 해야지."

"고맙습니다."

아이가 배꼽 인사를 한다. 아, 정말 좋다.

"자주 나오시네요."

"네, 몸이 좀 부실해서요."

그녀가 웃으며 말한다.

"전혀 그렇게 안 보이니 걱정하지 마세요."

엄마라서 아름다운지 아니면 원래 아름다운 여자였는지 모르지만, 딸과 함께 있는 모습이 보기 좋았다.

"먼저 들어가 볼게요."

"네, 들어가세요. 안녕, 소연아."

"오빠, 안녕."

손까지 흔들고 사라지는 소연이를 보며 마음이 흐뭇해졌다.

몸이 제법 풀린 듯해, 나는 운동장을 빠르게 뛰며 호흡을 골랐다.

이번 주 주말부터는 다시 산행을 시작할 생각이다.

처음 산행을 시작했을 때는 배낭에 돌을 집어넣고 올랐었다.

10kg부터 시작했던 것이, 나중에는 60kg까지 들었다. 이런 훈련을 하지 않는다면 히말라야를 가는 것 자체가 불가능하다.

등반 장비 자체가 거의 40~60kg 정도 나간다. 또한 빠르게 떨어지는 체력을 유지하기 위해서는 평상시의 영양 보충도 충분히 해주어야 한다.

체력이 안 되면, 나중에 식량과 장비를 버리면서까지 무게를 줄여야 하는 극한의 상황에 몰리게 된다.

물론 다시 히말라야를 가겠다는 것은 아니지만, 가장 익숙한 운동이 효과적인 것 같아서 하는 이야기다.

K2를 철수하며 가장 먼저 버린 것이 식량이었다. 물론 장비를 버릴 수도 있지만, 음식은 전진기지만 가도 바로 구할 수 있었다.

아침을 먹고 거리를 돌아다니다가 카페모네에 들어갔다.

"아메리카노 주세요."

처음엔 카라멜마끼아또나 모카커피를 좋아했었는데, 마시다 보니 단백한 아메리카노가 점점 더 좋아졌다. 가격도 더 저렴하고.

"어머, 어서 오세요."

반갑게 맞이하는 목소리에, 주문 데스크 옆을 바라보았다. 그리고 해맑은 미소를 짓고 있는 그녀를 보았다.

'아, 소연이 엄마가 여기서 근무를 하시는구나.'

이름표를 보니 '전지나'라고 적혀 있었다.

"여기서 근무하시나 봐요."

"네. 커피 좋아하시나 봐요."

"좋아 죽죠."

"푸훗."

전지나 씨가 마치 소녀처럼 웃는다.

가름한 얼굴에 꾸밈없는 웃음은, 한 아이의 엄마라고 보기 힘들었다.

그녀는 바리스타 겸 이곳의 지배인인 모양이다.

아침마다 보는 사이여서인지 몰라도, 그녀는 내게 친절했다.

누군가 나에게 호감을 표현하고 친절을 베풀면 기분이 좋아지는 법이다.

나는 잠시 테이블에 앉아 있다, 수첩을 꺼내 앞으로 해야 할 일과 하고 싶은 일들을 적어 갔다. 그리고 소설의 플롯을 구상했다.

시나리오를 한번 써 보고 싶었는데, 소설과 달리 시나리오 작법은 아카데미와 같은 곳이 아니면 쉽게 배울 수 없는 문제점이 있었다.

가장 먼저 문제가 되는 것은 필력이다.

소설을 쓰든 시나리오를 쓰든, 글쓰기 능력이 되어야 한다.

이문열이 하였던 글쓰기 작법도 괜찮다. 하나의 단어를 생각하고, 그와 연상되는 단어를 최대한 많이 쓰는 것이다.

예를 들어 바퀴벌레면, 그에 연상되는 단어 수백 개를 하루 종일 생각해 적는다.

그 단어와 단어를 연결하고 문장을 넣어, 문장과 문단을 만드는 것이다.

'내 삶의 글쓰기' 라는 책에서 '기억을 회고록으로, 아이디어를 에세이로, 삶을 문학으로 담는 법' 을 이야기하고 있는데, 우선은 글쓰기를 시작하라고 강조한다.

오늘 일어난 일을 이야기 형식으로 쓰다가, 거기에 소설의 형태로 좀 더 재미를 더하는 것이다.

이 책은 소설 작법이 아닌 자서전에 중점을 둔 책이니 넘어가기로 하고.

나는 정말 소설을 써 보고 싶어졌다.

어쩌면 조앤 K. 롤링처럼 그냥 커피숍에 앉아 생각나는 것들을 끄적거리고 싶은지도 모른다.

그러다 성공하면 좋은 거고, 아니면 마는 거다. 소설이 예전에 비해 덜 팔리기는 하지만, 그래도 뜨는 소설은 아직까지 많이 팔린다.

수첩에 글들을 적고 있는데, 앞자리에서 여자 둘이 하는 이야기가 귀에 들어온다.

'이건 뭔가?'

두 여자는 친구 사이인 듯했다.

나이가 있어 보였고, 나누고 있는 내용도 결혼에 대한 이야기다.

귀가 좋아지니, 자극적이거나 관심이 있는 내용은 의도하지 않아도 쏙쏙 들어온다.

"그래서 어떻게 하려고?"

"나도 모르겠어."

고민을 하는 여자는 동그란 얼굴에 그냥 평범하다 싶었지만 제법 호감이 갔다.

"그러게 기집애야, 왜 두 사람이랑 맞선을 겹치게 봐서 이 고생을 하는 거야?"

"나도 이렇게 될 줄 알았나, 뭐."

눈치로 보니, 여자는 양쪽 모두에게 청혼을 받은 모양이다. 괴로워하는 친구를 보며, 그녀보다 조금 못생긴 여자가 혀를 끌끌 찬다.

"너, 혹시 같이 잤니?"

"어……."

"뭐 그러면 그 남자랑 결혼해. 좋아서 같이 잔 거 아니겠어?"

친구의 말에도, 여자의 얼굴은 변하지 않았다.

"너, 혹시 두 남자랑 같이 잔 거니?"

"……."

"너 미친 거 아냐?"

"나도 몰라. 술 먹고 나도 모르게 벌어진 일이라서."

"너 어떻게 하려고 그러니?"

"설마 남자들이 자기하고 결혼하지 않는다며 해코지는 안 하겠지?"

"혹시 고백이라도 받았니?"

"응."

말을 듣고 있는 여자가 미치려고 한다.

"너 도대체 어떻게 하려고 그런 거야?"

'허, 참. 무섭군.'

나는 두 여자의 대화를 무시하기로 했다. 그러자 이번엔 뒷자리의 남자 셋이 속삭인다.

"그래서 어떻게 됐어?"

"그 번개?"

"응."

"당근 나갔지. 백화점에 근무하는 거는 맞더라."

"와우, 그럼 예뻤겠네."

"얼굴이 예뻐, 아주 예뻐."

"새끼, 좋았겠다."

"그날로 모텔 가서 했다는 거 아니냐. 요즘도 가끔 만나. 웃기는 게 뭔지 아냐? 그년이 자기는 원래 번개 안 한다는 거야. 내가 처음이라는 거지. 그런 년이 내가 손잡고 잡아 끈다고 냉큼 침대로 기어 오겠어? 서로 즐기다가 딴 놈이랑 결혼하는 거지. 시발 내 마누라가 그런 여자일까 무섭다."

"말이 좀 심하다. 아직도 만난다며?"

"너 은근히 재수 없다. 그년이나 나나 다 그런 거지. 섹파 몰라? 섹파? 그냥 즐기려고 나오는 거지."

"시바······."

'아, 이게 몸이 너무 좋아져도 문제네. 다음부터 커피숍을 오면 MP3를 듣든지 해야지.'

사실 앞의 여자나 뒤의 남자도, 옆 테이블까지 들릴 정도로 큰 소리로 말하지는 않았다.

나의 귀가 유난히 좋아진 탓이다.

요즘 생긴, 문제 아닌 문제였다.

가만히 있어도 온갖 종류의 자극적인 이야기들이 고스란히 귀에 들어온다.

*　　　*　　　*

카페모네를 나와 마을로 돌아가는데, 가로수의 낙엽이 한 잎 두 잎 떨어진다.

가을이 깊어져 이제는 겨울 초입이라는 느낌마저 든다.

저 멀리서 진미가 나를 보고는 반가운 체를 하며 뛰어온다.

같은 마을에 산다는 것이 이런 면에서 좋다. 좋아하는 사람을 우연하게 만나게 해주니 말이다.

"와, 오빠 오랜만이에요."

진미의 밝은 얼굴을 보며, 내가 살린 이 귀여운 아이에 대해 애잔한 마음을 가지고 있음을 느낀다.

그때 그 운동장에서 보지 않았다면, 이 아이는 어떻게 됐을까?

꼭 자살한다고 확언은 하지 못하지만, 그래도 내가 아이의 삶을 밝게 만드는 데 일조했다는 생각에 기분이 절로 좋아진다.

"우리 자주 만나네. 진미는 그사이에 더 예뻐졌고."

"정말요? 헤헤헤."

그 한없이 밝은 웃음에 나도 따라 웃었다.

작은 동네라 그런지, 골목으로 돌아오니 아침에 만난 소연이라는 꼬마와도 또 마주쳤다.

"엇, 아까 그 오빠다."

"안녕."

"이 언니는 누구야?"

"나는 유진미야."

"난 전소연."

두 꼬맹이들을 보며 흐뭇하게 미소를 짓고 있는데, 불길

한 기운이 자꾸 따끔거리며 뒷머리를 때렸다.

'뭐지?'

무언가 사건이 일어날 거라고, 직감이 말해주고 있었다. 원래 불행한 예감은 잘 맞는다고 하지 않는가? 나는 급히 주위를 둘러보았다.

철없는 아이들이, 길가에 매여 있는 개를 향해 돌이나 나무들을 던지고 있었다.

순하게 생긴 개지만 사실 그렇지가 않다. '에어텔 테리어'라는 종으로, 영국 에어강 쪽의 수달을 잡기 위해 개량되었으며 곰, 늑대 사냥에 동원되는 아주 강한 개다.

나는 개의 위험성을 모르고 까부는 아이들을 향해 소리쳤다.

"아, 안 돼."

그때 아이 하나가 던진 돌이 날카롭게 날아가더니, 진황색의 얼굴을 정통으로 때렸다.

"크르릉!"

그동안 일방적으로 아이들에게 맞기만 하던 에어텔 테리어는 드디어 화가 났는지, 목줄을 푸들거리며 끊어 내려 힘을 썼다.

눈도 이전의 귀찮은 것을 넘어, 정말로 화가 난 듯 이글거렸다.

"엄마야!"

"악."

아이들도 그제야 상황이 어떻게 돌아가는지 눈치채고는, 우리가 있는 쪽으로 도망 오기 시작했다.

뚜욱.

에어델 테리어를 묶어 놓았던 줄이 마침내 끊어지고 말았다.

화가 난 개는 다른 아이는 거들떠보지도 않고, 돌로 자기를 때린 그 아이만 쫓아왔다.

"악."

도망치던 아이와 소연이 부딪혀 같이 쓰러졌다. 아이의 위에 소연이가 엎어진 형태였고, 개가 그 위를 덮치려 하고 있었다.

아무리 일방적으로 맞았다 하지만, 사람을 서슴없이 공격하는 개를 보니 어이가 없었다.

저런 대형견은 어떠한 경우에도 인간을 공격하지 하지 못하게 충분히 훈련받아야 한다.

대형견은 인간에게 치명적이다. 자기 몸 두 배 크기의 개도 이길 정도로, 용감하고 전투적이다. 에어델 테리어는 개 중에서도 어금니가 가장 강하고 길다.

'하아, 미치겠군.'

나는 어쩔 수 없이 아이들의 앞을 가로막고 나섰다. 화가 난 개는 목을 물기 위해 솟구쳐 올랐다.

나는 급히 왼손을 뻗어 얼굴을 간신히 막았다.

부지직.

에어델 테리어의 길고 날카로운 이빨이 살 속 깊이 박히자, 나는 통증에 비명을 질렀다. 팔이 잘려 나가는 것처럼 고통스러웠다.

"크악."

개는 화가 머리끝까지 났는지, 내 손을 놓으려고 하지 않았다. 눈이 이글거리는 것이 분노로 반쯤 정신이 나간 것 같았다.

나는 극심한 통증을 느끼면서, 이 상황을 벗어나려고 사력을 다하였다.

먼저 잘못은 했다지만 연약한 어린아이들이 던진 돌에 이토록 흉포하게 반응하다니, 이런 개는 용납할 수 없다.

인간을 무는 개라니. 아이들이 던진 것들은 주위에 있던 봉지, 나무토막, 그리고 아주 작은 돌이었다.

한 아이가 던진 조금 큰 돌이 우연히 개의 머리에 맞았던 것이다.

"받아라!"

주먹을 움켜쥐자, 마나가 순식간에 온몸을 돌고 돌아 손에 뭉쳤다. 핏발이 선 개의 눈을 보며, 사력을 다해 그대로 정수리를 내려쳤다.

퍽.

깨깽.

에어텔 테리어는 얼굴에 강력한 일격을 맞고 그대로 나가 떨어졌다.

나의 왼손에서는 피가 끊임없이 흘러내리고 있었다. 너무나 아프고 고통스러웠다.

하지만 에어텔 테리어는 쉽게 포기하는 개가 아니라는 생각이 문득 들었다.

개는 바닥에 쓰러져 부들부들 떨다가, 앞에 있는 아이들을 향해 눈을 돌렸다.

아니나 다를까 아이들을 향해 날카로운 이를 드러내며 일어섰다. 그 교활하고 잔인한 눈초리를 보고, 놈이 무엇을 하려는지 깨달았다.

나는 번개처럼 발로 개의 배를 가격하고, 놈의 얼굴을 발로 짓이겼다.

귀여우면서도 귀족적인 에어텔 테리어는 얼굴이 터져 그 자리에서 죽었다.

이놈은 겉모습만 귀엽다. 아이들은 이 선량해 보이는 얼굴에 속기 십상이다.

사냥개를 이런 곳에 홀로 방치하다니. 주인이 옆에 있었다면 따귀라도 한 대 갈기고 싶은 심정이었다.

나는 손수건을 꺼내 끊임없이 흘러내리는 피를 닦으며 고통을 참았다.

놀란 아이들은 그제야 일어났다. 내가 흘리는 붉은 피를 보고는, 소리를 내어 운다. 나는 잠시 아이들을 노려보다가, 이내 체념했다.

이렇게 놀라 울 것이면서 왜 그런 위험한 장난을 했는지.

아이들의 장난에 특별한 이유가 있지는 않다. 한 명이 시도하면 나머지는 따라할 뿐이니까.

그래서 옥상에서 던진 돌에, 지나가던 행인이 맞아 죽는 일도 발생하지 않는가?

"괜찮아. 걱정하지 마."

달래려고 해도, 내 손에서 흘러내리는 피와 죽어버린 개를 본 아이들은 더욱 울어댔다.

이제 자기들이 한 장난이 얼마나 위험한 일이었는지 알았을 것이다. 아이들은 실수를 통해 배워간다. 어쩔 수 없다. 이미 벌어진 일이었다.

나는 내 상처보다, 아이들이 받았을 정신적 충격이 더 걱정되었다.

아이들은 이제 개에 대해 영원히 지워지지 않는, 트라우

마를 가지고 살아가게 될 것이다.

두려워하거나 미워하거나, 둘 중 하나를 가슴에 간직한 채로 말이다.

도대체 어떤 정신 나간 작자가 이렇게 사람이 많이 지나가는 곳에 사냥개를, 훈련도 제대로 받지 못한 개를 방치한단 말인가?

한국의 애견인들은 문제다. 제대로 훈련을 시키지 않는다.

나는 아이의 이름과 전화번호를 물어보고 사진을 찍은 다음, 병원으로 걸어가면서 경찰에 신고를 했다.

"택시."

아이들의 장난으로 던진 그 돌 하나에 나는 손이 피투성이가 되었고, 개는 죽어버렸다.

아이들의 순진함과 무지는, 때로 감당하기 어려운 끔찍한 결과를 가져오기도 한다.

원래 에어텔 테리어는 영리한 개여서 사람을 함부로 물거나 하지 않는다.

그런데 계속 아이들에게 괴롭힘을 당한 데다가 돌에 맞았으니, 화가 나 반격을 한 모양이다.

그러나 개는 절대로 사람을 물지 않도록 훈련받아야 한다.

인간의 사회 속에서 인간과 더불어 살아가려면 말이다. 저렇게 작고 조그마한 아이들이라면 더욱.

개를 키우는 사람들은 자기 앞에서의 모습을 보고, 우리 개는 순하고 착하다 착각한다.

그러나 주인의 시야를 벗어난 개는, 언제 어떻게 될지 모르는 야생 본능의 동물이다.

개뿐만 아니라 사람도 자기에게 먹이―혹은 돈―을 주는 주인은 물지 않는다.

그래서 애견인들은 착각한다. 우리 아기는 착해서 사람을 물지 않는다고. 그런 사실을 생각하자 허탈해졌다.

택시를 타고 가는 중에도, 팔목에서 계속 통증이 몰려온다.

나는 욱신거리는 팔을 오른손으로 잡고 억지로 고통을 참았다.

병원에 도착해 치료를 받고 보니, 역시나 뼈에 금이 갔다.

어쩐지 참을 수 없게 아프더니. 만약 아이들의 팔이나 머리였다면, 순식간에 잘려 나갔을 것이다.

생각만 해도 소름이 돋았다. 나 역시 강화된 마법사의 몸이 아니었다면, 이것의 배는 다쳤을 터였다.

광견병 예방 주사를 맞고, 왼손은 깁스를 한 뒤 처방을 받아 병원을 나왔다.

어떻게 일이 진행될지 몰라, 일단 진단서를 발부받았다. 나중에 문제가 생겼을 때 다시 오기 귀찮아서였다.

한숨이 절로 나왔다.

개가 사람을 물었지만, 그렇다고 개의 주인에게 책임을 묻기도 뭐한 상황이다.

개는 매어져 있었고, 그 가만히 있는 개를 아이들이 먼저 건드렸기 때문이다.

개는 죽어버렸다. 아이들을 만나 도대체 어떻게 된 것인지 알아봐야겠다는 생각이 들었다.

'하여튼 애들은, 골치 아파.'

나는 고개를 흔들었다.

개구쟁이들은 항상 사고를 친다. 자기들 스스로는 수습 불가인 일들을 벌리곤 한다.

깁스가 된 왼쪽 손목을 바라보자, 이걸 어떻게 해야 하나 하는 마음이 들었다.

집으로 돌아와 아이들 중 하나에게 전화를 걸었다. 어떻게 된 일이냐고 물어보니, 그 아이의 엄마가 받아 자초지종을 이야기해 준다.

개를 무서워하는 애 하나가 지나가다 그 큰 개를 보고 넘어졌고, 그래서 아이들이 돌을 던졌다는 것이다.

아이는 지금 방에 누워 계속 무섭다고 소리를 지른다며 아주머니가 한숨을 내쉰다.

*   *   *

저녁 늦게 경찰서에서 연락이 와 가보니, 아니나 다를까 개 주인이 경찰서 안에서 방방 뜨고 있었다.

그래, 저런 놈일 줄 알았다. 그러니 그토록 무서운 개를 방치하고 돌아다녔겠지.

"당신이야?"

그는 나를 보자마자 소리를 질렀다.

이 사람 어디선가 본 기억이 나는데……. 아, 저번 국회 의원 선거에 나왔다가 떨어졌던 사람이다.

나는 더 어이가 없었다.

어떻게 이런 사람이 국회의원을 하려고 나왔다는 말인 가? 자초지종을 다 들었을 텐데, 만나자마자 삿대질과 막말 을 한다.

"저, 잠시만 앉아서 이야기를 하시죠."

"뭐야, 이 새끼. 찰스는 내 자식이나 마찬가지인데, 감히 그런 소리가 나와?"

남자는 말리는 경찰관에게 도리어 화를 내며 막말을 해

댔다.

한국 사람은 공권력을 우습게 여긴다. 미국이라면 이런 사람은 바로 수갑에 채워져 유치장으로 직행된다.

"이거 안 보이십니까?"

나는 깁스한 왼손을 그에게 보여 주었다.

"찰스는 죽었어. 내 아들이 죽었단 말이야."

속에서 부아가 치밀었다. 뼈에 금이 가고 목이 물릴 뻔했는데, 사람이 죽을 뻔했는데 개 타령이라니.

"유감입니다. 그런데 당신은 그렇게 귀한 자식을 길거리에 방치해 놓고, 목에 줄만 걸어놓으면 의무를 다했다고 생각합니까? 아이들이 비록 잘못을 하기는 했지만, 내 팔뚝이 부러지지 않았으면 아이들은 목을 그냥 뜯겼을 겁니다. 당신 아들인 그 개새끼가 내 목을 물려고 한 것을 이 팔로 막았죠. 계속 그럴 겁니까?"

"뭐야, 너 이 새끼. 너 나이 몇 살이야? 네 애비에게도 이렇게 싸가지 없게 말해?"

"물론 아니죠. 제 부모님은 당신처럼 말을 아무렇게나 하지 않습니다. 적어도 당신 개에게 다친 제게, 얼마나 다쳤냐고 물어는 봐야 하는 거 아닙니까? 당신 개가 아이를 물어 죽이려는 것을, 온몸을 다해 겨우 막았단 말입니다. 개가 중요합니까, 아니면 사람이 중요합니까?"

"뭐야, 너 이 새끼."

남자는 내 멱살을 잡고 흔들었다.

나는 몸에 힘을 빼고, 그가 흔드는 대로 흔들려 줬다. 가능한 아주 크게. 그러자 경찰이 말린다.

"이 사장님, 이러시면 안 됩니다."

"뭐가 안 돼, 너 나한테 죽고 싶어? 여기 서장이 내 친구야."

나는 그가 잠시 호흡을 고르는 동안, 화장실로 가서 라이터 형식의 몰래 카메라를 작동시킨 뒤 돌아왔다.

친구가 서장이라고 하니, 아무래도 내가 불리할 것 같았다.

나는 스파이 카메라를 렌즈만 남겨 놓고 왼손에 꽉 쥐었다.

"너 어떻게 할 거야? 내 찰스 살려 내란 말이다."

"개가 죽었으니, 개 값 물어드리면 되겠죠."

"내 아들을 죽이고 뭐, 개 값?"

그러면 어쩌란 말이냐, 이미 죽었는데. 내가 무슨 전능한 신이나 된단 말인가? 그리고 만약 신이라도, 그런 똥개를 살리는 데 힘을 낭비하지 않을 것이다.

나는 그와의 대화를 포기했다. 품에서 진단서를 꺼내, 경찰에 제출하였다.

"저분 고발합니다."

"아니, 선생님. 이러지 마시고 원만하게 합의를 좀 하시도록……."

시간이 지나도 남자의 진상은 멈추지 않았다.

나는 말없이 그 남자를 몰래 카메라로 찍었다.

조서를 쓰던 경찰이 내가 앉은 위치를 보며 고개를 갸웃거렸다. 그리고는 다시 조서를 작성하기 시작했다. 그 옆에서 남자가 다시 끼어들기 시작했다.

"그런데 당신, 어떻게 개를 그렇게 잔인하게 죽일 수 있었지?"

"이 주먹으로 그냥 때려 죽였습니다. 누구나 손목이 그런 미친개에게 잘릴 위기에 처하면, 그 정도 초능력은 나오게 마련입니다. 원한다면 한 대 때려 드릴 수도 있습니다. 머리가 수박처럼 쪼개지고도, 그 잘난 입을 계속 떠들 수 있을지 궁금하군요. 사람이 죽을 뻔했는데, 당신은 그놈의 개타령만 하시는군요."

"뭐야……."

우울한 대화는 계속되었고, 나는 법에 근거하여 배상할 것은 배상하고 받을 것은 받았다.

그리고 촬영한 동영상을 적당히 편집하여 인터넷에 올렸다.

아무리 죽은 개 때문에 애통하다고 해도, 제대로 된 대화조차 시도하지 않은 채 화부터 내는 이런 사람이 국회의원이 되선 안 된다.

안 그래도 막장인 국회가 더욱 암울해질 것 같았기 때문이다.

나는 이번 일을 통해, 더 빨리 마법에 집중해야 함을 알았다.

1서클의 마법에 좀 더 익숙했다면, 마법으로 위기를 쉽게 벗어날 수도 있었다.

나는 자꾸 이전과는 다른 사건들이 발생하는 것을 느끼며, 힘을 가진 자에게는 그만한 시련이 온다고 생각했다.

내가 더 큰 힘을 가지면 가질수록, 어려운 일이 많이 터질 것이라는 느낌도 받았다.

하지만 그럴지라도, 이렇게 살아 있고 남들이 가지지 못한 능력을 소유하게 된 것에는 숨겨진 신의 의도가 있다고 생각했다.

사소한 일상에서, 나에게 주어진 소명을 점점 의식해 가기 시작했다.

신의 뜻인지 아니면 운명 그 자체인지, 내게 더 큰 힘을 가지라 속삭이고 있었다.

나는 마법을 익히기 위해서, 회사를 그만두어야 할 필요성을 느꼈다.

　물론 회사에서 더 배워야 할 내용이 많지만, 그렇다고 언제까지 미룰 수는 없었다.

9장

사랑해도 되나요?

회사에 사직서를 낼지 말지 심각하게 고려하는 사이, 11월
이 거의 다 지나가고 있었다.

올해보다 꽤나 오른 액수로 내년 연봉에 사인할 수 있어,
기분이 좋아진 상태였다.

현주 씨 때문에 찍힌 인사고과를 만회하려 미친 듯이 일
을 한 덕분이었다.

사직서를 내면 그동안 일한 것이 아깝다. 그렇다고 미적
거리는 것도 좋지 않았다.

이제 한 달만 지나면 해가 바뀐다.

연말을 코앞에 두고 있어서인지, 회사에서는 벌써부터 종무식 이야기가 나오고 있었다.

오늘은 분위기가 평상시와는 많이 달랐다.

1층 로비에서 서성이는 기자들이 보였던 것이다. 회사 로비가 이러니, 직원들 중에도 무엇인지 궁금해하는 사람이 있었다.

"이봐, 이열 씨. 요즘도 현주 씨 만나나?"

서현주 팬이라는 장상국 씨가, 보자마자 대뜸 호기심이 가득한 눈으로 나를 바라보며 말했다.

"요즘은 통 못 보고 있어요."

"그래, 이상한데? 이열 씨, 어제 대종상 시상식 안 봤어요?"

"네. 다른 일이 좀 있어서요."

나는 요즘 마법 수련에 재미를 붙이고 있었다. 회사가 끝나자마자 술자리를 거절하고 집으로 향하는 생활을 했다. 그런데 대종상 시상식이라?

"그 현주 씨가 이열 씨를 언급해서 지금 난리가 났는데……."

"뭐, 동명이인인가 보죠."

나는 그동안 소원해진 우리의 관계를 생각하며 대답했다.

"아냐. 내 직감으로는 그녀가 말한 그 이열이 내 앞에 있는 이열 씨인 것 같아. 한번 보자고요. 마침 업무 전이니."

그는 빠르게 인터넷에 접속하여, 어제 그 화제의 장면을 보여 주었다.

현주는 튜브 탑 화이트 드레스를 입었는데, 그녀의 분위기와 상당히 어울렸다.

큰 키, 긴 머리가 하얀 드레스와 조화를 이루며 엄청난 아우라를 풍기고 있었다.

여우주연상을 수상한 그녀는 환하게 웃으며 상과 꽃을 받고는, 마이크 앞에 섰다.

긴장한 표정이 역력했지만, 배우라는 것이 느껴질 정도로 표정 관리를 잘했다.

단 한순간, 아주 짧게 멈칫하는 장면이 나왔을 뿐, 그녀는 곧 여유로운 모습을 회복했다.

"먼저 '마린 이야기'를 사랑해 주신 관객 여러분에게 감사를 드려요. 최치원 감독님, 동료 배우님들, 스텝들에게 이 영광을 돌려 드립니다. 그리고……."

호흡을 한 번 고르더니, 꽤나 부끄러워하면서도 차분하게 다음 말을 이어 간다.

"이열 씨, 사랑합니다. 처음 보았을 때부터 당신에게 반했어요. 이제 나는, 당신을 사랑해도 되나요?"

영화제 시상식에 참가했던 사람들이 잠시 말을 잊었다.

이삼 초가 지난 뒤, 휘파람 소리와 함께 요란한 박수가 터져 나왔다. 사회를 보던 배우 이범수 씨가 멘트를 이었다.

"아주 매력적인 사랑 고백이었군요. 여배우가 마음을 이렇게 공개적으로 표현해도 되는지 모르겠지만, 그 사랑에 격려를 보내는 바입니다."

배우 김혜진 씨가 놀란 눈으로 대담한 서현주를 바라보이는 것이 카메라 앵글에 그대로 잡혔다.

사랑에는 상당히 자유로운 그녀도, 나이 어린 후배가 노골적으로 자신의 사랑을 공개할 줄은 몰랐던 듯했다.

"네, 그렇죠. 그녀에게 행운이 있기를 저도 기원합니다."

김혜진이 적절한 멘트를 하며, 그녀의 차례가 끝났다.

나는 그녀의 돌발 고백에 머리가 멍해졌다.

뭔가 강한 것이 머리를 가격하여, 사고가 마비된 듯했다. 뭘 어떻게 해야 할지 모르겠다.

그녀는 사귀는 사람이 생겼다고 했으며 아주 잘 있다고 했는데, 설마 그게 나란 말인가?

하지만 그녀는 그동안 나의 전화도 문자도 받지 않았다.

너무 정신적인 충격을 강하게 받아, 오전 업무를 볼 수 없을 정도였다.

오후 내내 나를 찾는 기자들의 전화가 끊이질 않았다. 시간이 갈수록 기자들은 오히려 늘어났다.

회사 직원들이 처음에는 나에게 걸려 온 전화를 바꿔주다, 정도가 너무 심해지자 사안의 심각성을 깨달았는지 회사가 나섰다.

이대로 그냥 두면 회사의 업무에 지장을 줄 것이라고 생각한 모양이었다.

역시나 예상대로, 회사의 고문 변호사가 로비에 있는 기자들에게 회사의 입장을 말해주었다.

"STL은 사기업으로, 근무 시간에는 직원의 어떠한 인터뷰나 회견을 용납하지 않습니다. 둘째, 직원 개인의 자유의사에 의한 행동은 회사에서 문제 삼지 않습니다. 셋째, 회사의 로비는 회사와 관계있는 고객이나, 업무와 관계있는 사람들에 한해서 올 수 있습니다. 따라서 로비에 들어선 순간, 그 어떠한 취재도 해서 안 됩니다. 퇴근 시간 이후 그 개인적 행동에 대해서는 관여하지 않습니다. 꼭 준수해 주시기를 바랍니다."

철저하게 합리적인 결정이었다.

괜히 남의 회사 와서 분위기 흐리지 말라, 이것이었다.

국내 기업이었으면 기자들 눈치를 어느 정도 볼 것인데, STL은 아예 보지 않는다.

소송 제도가 잘되어 있는 미국 기업이기에 소송에 휘말릴 일은 애초부터 하지 않고, 부당한 일을 당하면 여지없이 소송을 건다.

회사의 성장을 위해 정치인과 밀월 관계를 유지한 기업도 아니니, 굳이 기자들을 무서워할 이유가 없다.

그래도 기자들이라 방문한 그들에게 음료수와 간단한 간식거리를 제공하는 최소한의 성의는 보였다.

나는 사실을 확인하기 위해 현주에게 전화를 걸었다. 역시나 받지 않았다. 문자를 보내도 답장이 오지를 않았다.

어떻게 해야 할지를 몰랐다. 기자들은 몰려들었지만, 나조차 이게 무슨 일인지 모르고 있었다.

나를 지칭하는 게 맞는지도 모르는데, 그들 앞에 무슨 말을 하겠는가?

결국 어영부영 시간을 때우다가 동료들의 도움을 받아 지하 주차장에서 차를 얻어 타고 회사를 벗어날 수 있었다.

'어떻게 내가 여기서 근무하는지를 알았지? 그리고 과연 그 사람이 나일까? 전화도 문자도 안 받는 사이를, 사랑하는 사이라고 할 수 있겠는가?'

*　　　　*　　　　*

그렇게 시간은 지나갔다.

나는 기자들이 착각을 해 찾아오는 것이라 생각했다. 아니면 그녀가 말했던 복수인가?

마지막으로 만났을 때, 나에게 복수하겠다고 부르짖으며 가지 않았는가?

'하아, 그래. 내가 잘못한 것이니, 내가 풀자.'

나는 마법에 전념하기 위해 회사에 사직서를 제출했다.

12월을 일주일 남겨 두고 결단을 내린 것이다.

나는 잠시 외국에 나가 있겠다고 집에 이야기하고는, 히말라야로 가는 비행기를 예매했다. 마지막으로 현주에게 문자를 보냈다.

[나에게 화가 난 부분이 있다면 용서를 해주기를 바랍니다. 나는 이제 히말라야의 K2로 갑니다. 부디 행복하시길 빕니다.]

언론을 통해 내가 사표를 낸 것이 알려지자, 네티즌들은 이 문제에 대해 말이 많았다.

공인도 아닌 개인을 지나치게 취재하는 것은 자제해야 한다는 자성의 목소리와, 국민들의 궁금증을 풀어 줘야 한다는 일반론이 팽팽하게 대립하고 있었다.

문자를 보낸 지 1분도 안 되어, 바로 현주에게 전화가 왔다.

[이열 오빠, 어디예요?]

"응?"

그녀가 전화를 할 줄은 전혀 예상하지 못했던 차라, 나는 조금 당황하여 머뭇거렸다.

[어디예욧!]

날카로운 목소리에 나도 모르게 주눅이 들어, 있는 곳의 위치를 알려주고 말았다.

나는 영풍문고에서 책들을 고르고 있었다. 소설책들과 소설 작법들을 기록한 책들을 주로 선택했다.

[오빠, 밖으로 나오면 검은색 밴이 하나 보일 거예요. 그거 타세요.]

서점을 나와 보니, 센트럴 시티 대로변에 검은색 밴이 비상등을 켠 채 기다리고 있었다.

다가가자 문이 열렸다. 안에는 새침한 표정의 그녀가 앉아 있었다.

"반가워요, 현주 씨."

"흥, 그새 안 보았다고 존댓말을 하는군요."

"하아, 내가 뭐 그렇지. 어쨌든 대종상 여우주연상 받은 것은 축하해."

"흥!"

나는 말없이 옆에 앉아, 그녀의 몸에서 나는 향긋한 향기를 맡았다.

"반성했어요?"

"그래요. 내가 반성했으니 이제 우리 만나지 말아요."

나의 말에 현주는 눈물을 흘리더니, 다짜고짜 따귀를 때렸다. 너무나 갑작스러운 행동이라, 예측조차 하지 못했다.

"큭."

나는 신음을 내질렀다.

"내가, 얼마나 힘들게 노력해서 대종상 시상식에서 그 말을 했는데, 이제 그만 만나자고?"

"아니, 나는 현주 씨가……."

그럼 대종상 시상식에서 말한 이열이 정말 나를 말하는 것인가?

"대종상에서 고백하면 사귄다며?"

"아니, 그건 농담이었고……."

분노한 그녀가 갑자기 덤벼들었다.

"뭐, 농담? 야, 이 자식아. 내가 그 말에 얼마나 죽을 둥 살 둥 노력했는데. 농담이야?"

"크악, 악, 살려 줘! 항복."

그녀는 이로 나의 온몸을 물어뜯기 시작했다. 정말 아팠다. 하도 악착같이 공격하자, 앞자리에 있던 매니저까지 나서서 말렸다.

"현주야, 이러면 안 돼."

매니저가 뒤로 넘어와 말리고서야, 공격은 끝이 났다. 그녀는 차가운 표정으로 나를 노려보았다.

"병원에 가 봐야 되지 않겠습니까?"

매니저가 조심스럽게 의사를 물어왔다.

나는 당연히 병원을 가고 싶었지만, 노려보는 그녀의 눈빛에 입을 다물고 말았다.

할 수 없이 그녀에게 잘못했다고 사과를 했다.

얻어맞고 사과를 하다니, 상황이 어처구니가 없었다. 하지만 저 아름다우면서도 독하기 그지없는 얼굴 앞에 더 이상 버틸 수 없었다.

"그런데 회사는 왜 그만뒀어요?"

"업무 보는 것이 힘들어져서. 물론 무급 휴가를 신청해서 쉬어도 되었지만, 그냥 그만두고 싶어졌어."

그녀는 내 말에 안타까운 표정을 지었다.

어쨌든 잘 다니는 회사를 자기 때문에 그만뒀다니, 책임감을 느끼는 모양이었다.

"히말라야는 무슨 말이죠?"

"등반을 할 예정이야. K2만큼 자신의 존재감을 드러내는 멋진 산은 드무니까."

"거기 위험하지 않나요?"

나는 전생에 이미 한 번 다녀왔기에, 위험하지 않다고 말하려 했다. 그러나 현주의 매니저인 김칠복 씨의 말에 입을 다물었다.

"K2는 에베레스트 산보다 더 어렵지. 일반인이 그곳에 가면 거의 죽는다고 봐야지."

현주는 크게 놀란 듯, 눈에 눈물이 그렁그렁 고이기 시작했다.

"이제 나 피해 죽으러 가요? 내가 그렇게 싫어요?"

"……."

나는 당황해서 아무 말도 못했다. 그녀의 눈물이 뺨을 타고 흘러내렸던 것이다.

"설명해 줄게. 등산을 어떻게 하냐면……."

"그만둬요."

"좋은 셰르파를 만나고, 준비만 잘하면 괜찮아."

"그만둬요."

"아니……."

"그만두세요."

나는 그녀의 눈물에 결국 항복하고 말았다. 꼭 가야 하는 곳은 아니었다.

그냥 다시 가 보고 싶었을 뿐이다. 자크 에반트의 시체가 아직 그곳에 있을까 하는 생각났었던 것이다.

회귀했을 때, 전생의 옷을 그대로 착용하고 있었다. 그러니 자크 에반튼의 시체도 있을 것이다. 물론 반지와 드래곤 하트는 없겠지만 말이다.

"그런데 김칠복 매니저님, 거기 회사는 배우 관리를 프리하게 하시나요?"

나는 현주가 잠시 밴의 뒤로 간 사이, 나직한 말로 물어보았다.

여배우들을 회사에서 얼마나 타이트하게 관리를 하는지 잘 알고 있었기에, 정말 궁금해서 물어보는 것이었다.

그는 나의 질문을 받고는 웃으며 대답했다.

"사실 현주는 우리 회사랑 계약할 때 계약금을 받지 않았습니다. 회사가 현주를 구속시킬 명분이 없죠."

"아니⋯⋯."

"현주는 회사의 김승우 이사님의 조카이기도 합니다. 우리 회사와 계약을 맺기 전, 불과 한 달 동안 20개 연예 기획사의 러브콜을 받았죠. 어지간한 기획사는 다 접근했다고 보시면 됩니다."

어느새 내 옆으로 다가온 현주는 이야기를 들으며, '내가 이 정도 되는 사람이야' 라는 도도한 표정을 지었다.

그제야 어떻게 나를 자유롭게 만나러 왔었는지, 그 진실을 알게 되었다.

만나러 올 때는 김 매니저가 데려다 줬다고 한다.

`   *   *   *

나는 서초동의 한 빌라에 그녀와 함께 들어왔다.

그녀의 아틀리에였다.

언젠가 신문에서 미술을 전공하는 2학년의 대학생이라는 것을 본 기억났다.

3개의 방이 있는 빌라에서 1개를 작업실로 하고, 나머지는 그림을 보관하는 장소와 침실로 쓰고 있었다.

이 광경을 보고서야, 왜 그녀가 연예 활동이 아닌 CF 광고 위주로 활동했는지 알게 되었다.

그녀는 일반인처럼 대학 생활을 즐기고 싶었던 것이다.

그녀는 이번 영화에 출연하기 위해 한 학기를 휴학했다.

작년에는 방학 기간을 이용해 촬영했었기에, 그녀가 이번 영화에 얼마나 신경을 많이 썼는지 알 것 같았다.

우리는 키스를 하고, 서로의 몸을 가볍게 만지며 안았다. 그리고 물었다.

별로 대단할 것 없는 나를 왜 그렇게 생각하냐 묻자, 그녀는 오히려 이상하다는 듯 대답했다.

"당신을 만나면 내가 정말 여자라는 것이 느껴져요. 당신은 나를 연예인이 아닌 인간으로 따뜻하게 대해 주니까요. 그러니 어떻게 반하지 않을 수 있겠어요? 흥, 그렇다고 잘난 체를 하면 안 돼요."

"내가 그럴 리 없지."

그녀를 다시 만날 수 있게 되어 좋았다. 얼마 전 이수진 씨와 섹스를 하지 않은 것이 이렇게 안도가 될 줄은 몰랐다.

그래, 바보 같지만 이제는 피하지 않겠다.

아들을 잃은 비통함이 나를 그동안 너무 소극적이게 만들었다.

그런 나의 자세는 당연한 것이고 지금 이 결심도 너무 이른 것이 아닐까 하는 생각이 들었지만, 파랑새가 날아왔으니 머뭇거릴 이유가 없었다.

'그래, 새로 시작하는 거야.'

새로운 야망을 가지고, 운명이 주어진 그 길을 따라 정의롭게 사는 것이다.

정의가 무엇인지 모르는 사람들에게는 알려주겠다. 그것이 전능의 프레벨을 소유한 자의, 최소한의 의무일 터이니 말이다.

우리는 시도 때도 없이 만났다.

나는 회사를 그만둔 상태였고, 그녀는 영화 촬영이 끝나고 최종 상영일의 카운트다운만 기다리고 있었다.

12월까지만 상영한다던 마린 이야기는 새해를 맞이하면서도 여전히 극장가에 보였다.

이미 관람객이 500만 명 이상을 넘었을 정도로, 대단한 히트를 쳤다.

나도 조조 타임에 변장을 한 현주와 함께 보았었다.

조조니까 사람이 없을 거라는 예상과 달리, 극장 안은 반이상이 찼었다.

시한부 삶을 사는 여자의 아름다운 사랑 이야기였다.

재미있는 에피소드와 간간이 던지는 메시지가 인상적이었다.

나는 현주의 연기를 보고 매우 놀랐다.

배우라는 것은 알았지만, 이렇게 연기를 잘할 줄은 정말 몰랐다.

"히잉, 내가 고백을 해서, 얼굴 내놓고 오빠와 같이 다니면 기자들이 몰려오게 될 거야. 그러게 왜 오빠는 그렇게 되지도 않는 조건을 건 거야."

영화관을 나오며 현주가 핀잔을 주자, 나는 고개를 돌려 눈길을 피했다.

설마 진짜 고백을 할 줄, 나라고 예상했겠는가? 당연히 안 할 줄 알았지.

이래서, 인생은 알 수 없는 것이다. 내가 이런 대단한 여배우와 데이트를 할 줄 알았겠는가?

우리는 손을 잡고 호젓한 거리를 걸었다. 차를 타고 서울에서 4시간을 달려, 겨울의 풍취를 구경하러 떠났다. 사람들이 없는 곳에서, 사람들의 눈을 피해서.

그런데 이런 곳은 재미가 별로 없다. 그러니 한적한 것이다. 우리 사이에 사랑이라는 감정이 없다면, 이만큼 재미없는 곳도 없다.

우리는 서로 잡은 손에서, 상대방의 따듯한 체온과 함께 행복을 느꼈다.

가로수 길을 걷다 보니, 진눈개비가 바람결에 날아온다.

"앗, 눈이다."

그녀의 말에 하늘을 바라보니, 바람에 이리저리 떠밀리며 너풀너풀 떨어지는 진눈개비가 보였다.

그것들은 많아지기 시작하더니, 마침내 눈으로 변했다. 시내와 떨어진 변두리라 주차한 곳으로 서둘러 가는데, 현주가 눈길에 미끄러졌다.

"아얏!"

도저히 발이 아파 걸을 수 없다고 우기는 그녀를 등에 업으며, 나는 일부러 들리도록 중얼거렸다.

"우리 아기가 왜 이리 무거울까?"

"홍, 우리 아빠는 왜 이리 힘이 없을까?"

그녀의 말에 나는 미소를 지었다. 차까지 걸어가면서 조금도 쉬지를 않았다.

"오빠, 안 힘들어?"

"응."

"와우, 생각보다 힘이 세네."

완전 무장한 장비 60㎏를 들고 산을 올라야 하는 산악인이다.

평지에서 겨우 50㎏ 조금 넘는 여자를 업는 게 뭐가 힘들겠는가?

현주는 등 위에서 몸을 곧추세워, '타이타닉'에서 로즈 역의 케이트 윈슬렛처럼 팔을 펼쳤다.

나는 그런 그녀가 귀여워 말했다.

"무등 탈래?"

"응?"

나는 허리를 조금 굽혀, 그녀를 목 위에 올려놓고 단단히 붙잡았다.

그녀가 하늘을 향해 손을 펼쳤다. 십자가 모양이 된 우리는 길을 걸었다. 차에 도착해 상대방의 눈을 털어주고, 입을 가볍게 맞추었다.

시동을 걸고 조금 지나자, 차 안이 따듯해지기 시작했다.

우리는 말없이 눈 내리는 광경을 바라보며 서로를 향해 웃었다.

다 좋은데 커피가 없는 게 아쉬웠다. 이런 나의 표정을 보고 현주가 웃었다. 그녀도 내가 커피광인 것을 알고 있다.

눈이 갑자기 폭설로 변했다.

한적한 길이라 눈이 녹지 않아 미끄러워, 조심스럽게 운전을 했다. 힘들고 어려웠지만 눈이 내리는 길은 참 멋졌다.

김춘수의 '샤갈의 마을에 내리는 눈'이 생각났다.

눈은 수천수만의 날개를 달고
하늘에서 내려와 샤갈의 마을의
지붕과 굴뚝을 덮는다.

그 눈은 수천수만의 날개를 달고 하늘에서 내려와, 우리 앞에 쌓인다.

마을과 길을 덮는 눈들을, 다정하게 손을 잡은 채 바라보았다.

마음은 평화로웠지만, 나는 점점 줄어드는 기름이 걱정스러웠다.

결국 큰 길로 나오기 전에 기름은 떨어졌고, 차의 시동이 꺼졌다.

생각보다 너무 멀리 왔고, 기분에 취해 기름 넣는 것을 잊어버린 나의 실수였다.

나는 솔직하게 사실을 현주에게 말하고 사과했다.

"뭐가 문제예요? 어떻게든 되겠죠. 오빠, 걱정하지 마세요."

의외로 담담한 그녀를 보며 나는 안도했다.

"이제 결정해야 해. 먼저 우리 중 한 사람이 주유소에 가서 기름을 사 오는 거야. 그런데 이 일은 할 수 없으니 패스. 두 번째는 그냥 이곳에 있는 거야. 그러나 이 역시 체온이 내려가면 위험해지므로 패스. 마지막으로 나가서 쉴 만한 곳을 찾는 거야. 눈이 그치길 기다려 기름을 사 오는 거지."

"다른 방법은 없는 거야?"

"뭐 있을 수도 있지만, 지금은 없네."

"그럼 나가요."

"잠시 있어 봐."

나는 현주를 차에 있게 하고, 트렁크를 열었다.

히말라야를 가기 위해 준비했던 것들이 아공간에 있었다.

현주의 눈을 가리고, 거위의 털로 된 침낭과 먹을 것 몇 가지를 배낭에 넣었다.

"와우, 오빠 그게 뭐야?"

"저번에 내가 등산 간다고 했었잖아. 준비를 해놓고 못 갔었어. 차에 넣어 두고 있었지."

"어, 침낭은 웬 거야?"

"너 들어가 있으라고. 그렇게 입고 있으면 추우니까."

걱정이 되어 말했는데, 오히려 화를 벌컥 내며 한 소리 한다.

"오빠, 나 힘 세. 그리고 모양 빠지게 이런 데 어떻게 들 어가 있어?"

곧 죽어도 여배우라는 듯, 눈까지 크게 뜨며 힘을 준다.

그러나 불편한 신발을 신고 걸은 지 10분 만에, 그녀는 항복하고 슬리핑백에 들어가 머리만 내밀고 업혔다.

나는 가방은 앞에, 뒤에는 침낭에 든 현주를 업고 묵묵히 걸어갔다.

한참을 걸어도 마을이 나오지 않았다. 차가 멈춘 곳이 어 중간한 장소인 듯했다.

길을 가다 보니, 저 멀리 멧돼지 한 마리가 보였다. 한겨 울의 부족한 먹잇감에 눈까지 내렸으니 산 밑으로 내려온 것이다.

조심스럽게 지나가려는데 업혀 있던 현주가 '멧돼지다' 하고 소리를 치고 말았다

그 바람에 놀란 멧돼지가, 우리를 향해 돌진해 오기 시작했다.

나는 급히 마법 슬리핑 주문을 외워 현주를 재웠다. 그리고 나지막하게 외쳤다.

"프레벨 오픈하라."

검붉은 조각들이 하늘에서 흩어져 내려와, 나의 몸을 순식간에 감싼다.

검은 전신 갑옷을 착용한 나는, 그 자리에서 높이 뛰었다. 5미터 위로 솟구쳤고, 그대로 통과한 멧돼지의 뒤를 향해 아무렇게나 주먹을 휘둘렀다.

펑.

꽤에엑.

나는 멧돼지의 등 뒤로 내려와, 오른손을 멧돼지의 머리로 힘껏 휘둘렀다.

멧돼지는 단번에 날아가 퍼덕거리며 쓰러졌다. 단 한 방에 말이다. 저돌적으로 돌진하는 멧돼지를 피한 뒤, 공격을 해 쓰러뜨렸다.

나는 내가 한 일에 대해 믿을 수가 없었다. 등 뒤의 현주는 여전히 잠들어 있었다.

전능의 프레벨.

반신의 존재인 드래곤을 사냥할 수 있게 해준 자크 에반튼의 프레벨. 한마디로 놀라웠다.

마도시대의 최강의 병기라 일컬어지던 전신(戰神).

나는 멍하게 그 자리에 서 있었다.

쓰러졌던 멧돼지는 푸드덕거리며, 일어나다 다시 쓰러지기를 반복했다. 주먹에 맞은 머리에 뇌진탕이 일어난 것 같았다.

나는 바닥에 떨어진 외투를 주워 프레벨을 대충 가리고 자리를 떴다.

두꺼운 외투형의 옷은 착용이 해제된다는 단점이 있었다. 아무래도 차가 있는 곳으로 돌아가야 할 것 같았다.

나는 현주를 단단히 붙잡고 뛰기 시작했다.

파앙.

주변의 사물이 엄청난 속도로 지나갔다. 1시간가량 헤맸던 곳을, 불과 10분도 안 되어 도착했다.

"프레벨 크로즈."

강력한 힘이 한순간에 빠져나가자, 순간 어지러워졌다. 현기증이 난 것이다.

나는 잠들어 있는 현주를 차에 태웠다.

무한의 아공간 마르트라 오셀로에 있는 수많은 등산 용

품 가운데서 대형 텐트와 코펠, 그리고 등산용 버너를 꺼내 차 트렁크에 넣었다. 그러자 트렁크가 가득 찼다.

*   *   *

갑작스런 폭설로 전국이 난리인 모양이었다.

이런 양이면 거의 모든 교통이 마비되고 만다. 제설 작업 이라는 것은 그리 간단하지 않다.

미리 준비를 하고 있어도 어려울 텐데, 예상치 못했다면 당하는 수밖에 없다.

염화칼슘을 도로에 뿌린다고 해결되는 것이 아니다.

또한 뿌리기까지 시간이 많이 걸린다. 큰 도로 위주로 재 설 작업을 하니, 이런 한적한 시골의 도로는 이틀 정도 지 나야 가능하다.

나는 대형 텐트를 치고 차를 그곳으로 밀어넣었다. 프레 벨의 도움을 받자, 아주 간단한 작업이 되고야 말았다.

일이 모두 끝나자 안도의 한숨이 나왔다. 그동안 마법 주 문을 열심히 연습한 덕분에, 마법 발현 시간이 줄어들었다.

텐트 안에 차가 있다 보니 제법 운치가 있다. 마치 동굴 속에 있는 것 같다. 나는 현주를 깨웠다.

"응?"

"일어났어?"

"여긴 어디야? 앗, 차 안이네."

"응. 다시 돌아올 수밖에 없었어."

"그런데 왜 내가 잠이 들었지."

"……."

"그런데 멧돼지는 어떻게 되었어요? 우리를 공격하려고 다가왔던 것 같았는데."

"그랬는데 갑자기 새끼 돼지들이 나타나서 그리로 갔어."

"정말?"

"응."

뜨끔했지만 태연한 척 거짓말을 할 수밖에 없었다. 그녀는 그제야 주변을 돌아보더니, 대형 텐트를 발견하고는 소리를 질렀다.

"와우, 너무 멋지다."

나는 배가 고파진 탓에, 버너에 불을 붙이고 간단한 라면을 끓였다.

"와아!"

현주는 이 모든 것이 신기한 듯 텐트 밖으로 나가 뛰어다녔다. 눈 위를 뛰어다니는 한 마리의 강아지 같았다.

라면으로 배를 채우고 믹스 커피까지 마시자, 이곳이 천국 같았다. 차 안은 이제 이전과는 비교할 수 없을 정도로 따뜻해졌다.

나를 힐끔거리며 쳐다보는 눈길에, 나는 그녀를 바라보았다. 얼굴이 붉어져 있었다. 나는 그녀에게 다가가 귓속말을 했다.

"야한 생각했지?"

"흥. 매너 없게 시리."

뺨에 가볍게 입을 맞추자, 다시 얼굴이 붉어지며 입가에 미소가 감도는 그녀다.

남자는 성욕에, 여자는 분위기에 정신을 잃는다는 말이 있다.

"우리 사랑해요."

"응, 나도 사랑해."

'어, 우리 사랑해요, 라니?'

다시 얼굴이 붉어진 그녀는 몸을 비비 꼰다. 연인이었지만, 아직까지 섹스는 하지 않았다.

나는 그녀와 많은 추억을 만들고 싶었다. 그래서 같이 지내면서도 과한 애정 표현을 자제하였다.

그런 면이 그녀의 마음을 더 달아오르게 했는지 모른다.

남녀가 만나 섹스를 한 번 하면, 그다음부터는 거의 대부분의 시간을 그 짓 하는 데 쓴다.

남자야 더할 나위 없이 좋지만, 사실 어떻게 보면 제 무덤을 파는 격이다.

　육체의 언어보다 더 강한 것은 없지만, 대체 가능한 것은 너무나 많다.

　군대를 가고 나서 금방 고무신을 뒤집어 신는 여자들은 대부분 이런 케이스다.

　몸은 달아오르는데 애인은 없고, 그 틈을 다른 남자들이 파고들면 대책이 없다.

　처음에야 거절을 하겠지만, 몸이 말을 안 듣는 것이다.

　그러나 추억이 많은 커플은, 그 추억을 되뇌면서 참고 기다릴 수 있다.

　남자는 여자와 자고 나면, 자는 것 외에는 다른 생각을 못하는 존재다. 나 역시 마찬가지고 말이다.

　김춘수 시인의 '샤갈의 마을에 내리는 눈'이 날개를 달고 텐트 위에 수북이 쌓인다.

　그 눈은 우리의 마음에도 포근하게 내려앉는다. 이곳은 세상과 단절된 우리만의 마을이다.

　가볍게 서로를 안으며 그 체취를 맡았다.

　홍분으로 바르르 떠는 그녀를 보며, 나 역시 홍분이 되었다.

　입이 벌어지고 숨이 가빠 온다. 서로의 심장이 뛰는 소리를 느끼며 키스를 했다.

그녀의 혀끝에서 달콤한 사과 맛이 나, 정신이 몽롱해졌다.

그녀의 긴 머리가 키스를 하는 도중 가끔씩 입으로 들어오기도 했지만, 나름 괜찮았다.

내가 소중하게 안으며 몸을 만지자, 그녀는 행복한 듯 나지막하게 신음을 내뱉었다.

"하아, 정말… 좋아요."

그녀의 말처럼 정말 좋았다. 안온한 느낌이 나를 사로잡아 버렸다.

그렇게 가만히 서로를 안고 체온을 느끼며, 약간은 음탕한 말로 시간을 보냈다.

이렇게 좁은 공간에서 나누는 대화는, 왠지 어린 시절로 되돌아가 소꿉장난하는 느낌을 준다. 약간 동화적인 느낌이 들었다.

그녀의 가슴에 손을 넣어 체온을 느꼈다.

"하아."

숨소리가 크게 들려오자, 나는 참을 수 없어 그녀의 가슴에 얼굴을 대었다.

좁은 차 안에서 우리는 서로 껴안으며 더욱 밀착했다.

안고 있는 것만으로도 말할 수 없는 평온한 느낌을 받

왔다.

우리는 입김으로 하얗게 성에가 낀 창문을 바라봤다.

세상의 종말처럼 조용한 둘만의 공간에서, 서로에 대한 깊은 유대감 속에 사랑을 나눴다.

격정의 시간이 지나가고 우리는 가만히 안고 서로를 바라보고 있었다.

마치 시간이 멈춰진 것 같은 순간이었다.

"사랑해요."

현주는 사랑한다고 말하며 내게 더 깊이 파고들었다. 아, 정말 좋았다.

"그런데 임신하면 어떻게 하지?"

내 딴에는 그녀가 걱정이 돼서 한 말인데, 눈이 번쩍하며 뺨이 화끈거렸다. 귀에서 큰 아픔이 물려왔다.

"홍, 그럼 나랑 해놓고 결혼하지 않을 생각이었단 말이에요?"

"아니, 나는……."

나는 다시 뺨을 물렸다. 살짝 물리긴 했지만 아픈 건 여전했다.

'아, 이 아이는 다 좋은데 너무 폭력적이야. 말 한마디 제대로 못해 보고 따귀 맞고, 귀 물리고, 이제는 뺨까지.'

"난 현주를 생각해서 한 말인데."

나는 시큼해진 뺨을 어루만지며, 이게 뭔 짓인가 했다.

47살의 나이를 헛먹고 딸 같은 여자애에게 따귀나 맞다니 말이다.

내 모습이 불쌍했는지, 그녀의 혀가 내 뺨을 어루만진다.

"히, 몰랐잖아."

젠장, 단 한 번의 나눈 사랑으로 나에게서 모든 주도권을 가져가 버린 여자를 보며, 나직하게 한숨을 쉬었다.

어린 나이에 임신을 하게 되면 어떻게 하나 걱정을 한 것이다.

그녀의 명예, 배우의 직업 등등. 그녀는 세상 사람들에게 오픈된 공인이니까.

그게 직업이니 어쩌겠는가?

뭐 이렇게 맞고 사는 것도 괜찮지.

말 안 하고 남남처럼 사는 것보다야, 일천 배는 더 정겹다.

이건 뭐, 슈퍼맨이 아내에게 맞고 사는 거와 거의 비슷했다.

그렇게 은근히 재미있다. 매 맞는 슈퍼맨이라.

내가 미소를 짓고 있자 금세 눈치를 채고, 왜 자기와 있는데 딴생각을 하냐고 삐진다.

'때리고 삐지고. 난 맞고 달래 줘야 하네.'

그래도 난 남자니, 이런 그녀를 사랑하게 된 것이 너무 행복했다.

우리는 옷을 입고, 커피를 끓여 마셨다. 입을 맞추고, 웃으며 하루를 보냈다.

우리는 세상에서 동떨어진 눈 덮인 차 안에서 서로 깊은 이야기를 나눴다.

그녀가 미술 학도이니, 나는 이제부터 미술에 대해 공부하겠다고 선언했다.

"정말?"

"그럼."

"와우, 좋아라."

"너무 기대는 하지 마. 난 그림을 정말 못 그려."

"뭐 어때. 자기하고 나란히 앉아 그림을 그린다고 생각하니, 그것만으로 너무 기뻐."

"난 그게 아닌데……."

"아니, 아니. 정말 고마워. 자기가 최고야."

미술사에 대한 책 몇 권 읽어 보고, 미술이나 예술에 대해 이야기를 나누려던 나의 고상한 계획은, 그녀의 단호한 말 한마디에 순식간에 날아가고 말았다. 직접 그림을 그려야 했던 것이다.

그녀는 커피를 배우겠다고 했다. 내가 커피를 광적으로

좋아하니.

난 그렇게 하지 않아도 된다고 했다.

파는 커피를 사 먹어도 되고, 유명 브랜드의 커피 기계를 사면 양질의 커피를 먹을 수 있다고. 그러나 그녀는 진짜 커피를 배운다고 했다.

하여튼 지금은 이곳을 벗어나는 것이 먼저였다.

텐트 안에서 있다 보니, 세상이 어떻게 변했는지 알고 싶어졌다.

114에서 인근 주유소 번호를 알아내 전화를 걸었다.

기름 배달을 해주냐고 묻자 처음에는 안 된다고 했다가, 출장비로 10만 원을 준다고 하니 바로 배달해 준다.

찾는 데 시간이 걸린 듯 2시간 후에 도착한 기름 배달에, 나는 안도의 한숨을 내쉬었다.

"아아, 어떻게 차가 텐트 안으로 들어갔습니까?"

배달부는 신기한 듯 자꾸 텐트 안의 차를 바라보았다.

"여기요. 기름 값하고 출장비요."

"네, 감사합니다. 정말 주시네요."

나는 20만 원을 주었다. 기름 값은 5만 원 정도였지만, 멀리서 찾아오느라 수고한 노력이 가상하여 조금 더 주었다.

지금의 기름은 20만 원이 아닌, 100만 원의 가치를 가지고 있었다.

나는 주유구를 열어 깔때기를 끼고 휘발유를 넣었다. 기름은 반쯤 찼지만, 이 정도만 해도 어딘가 싶었다.

차에 시동을 걸고 히트를 틀자, 금세 따뜻해졌다.

조심스레 텐트 밖으로 나오자 현주는 매우 아쉬워했다.

텐트 안이 좋았나 보다.

'타이타닉'의 케이트 윈슬렛과 레오나드 디카프리오처럼, 우리는 차에서 낭만적인 사랑을 나눴다.

눈이 내린 이 한적한 곳은 정말 너무나 아름다웠다.

차가 천천히 움직이기 시작했다. 우리는 도로로 나와 고속도로를 탔다.

4차선의 도로 가운데 사용이 가능한 차선은 2개뿐이었지만, 도로 위에는 차가 별로 없어 생각보다 빨리 서울에 도착했다.

헤어지기 싫어하는 그녀를 뒤로하고 집으로 돌아왔다.

갑작스럽게 나타난 멧돼지 때문에 처음 사용한 프레벨은, 그 놀라운 힘에 전율할 정도였다.

마법 발현도 예전에 비해 2배 이상 빨라졌다.

각인 효과라고, 평상시 주문을 빠르게 외우는 훈련을 해놓으면, 실제로 효과가 있는 것을 확인했다.

이에 자극을 받은 나는 더욱 열심히 마법을 배우리라 결심했다.

위기는 예상치 않은 때에 찾아오는 법이다.

미리 준비하고 있지 않으면 대적하기 불가능하다.

샤워를 하고 침대에 누우니, 현주에게 전화가 왔다.

[오빠, 나양.]

이제 애교까지 부리는 그녀의 모습이 정말 사랑스러웠다.

20년의 결혼 생활을 빈껍데기와 살았었다.

이렇게 온 마음을 다해 사랑해 주는 여자가 있으니, 어찌 감격하지 않을 수 있는가?

우리는 별 내용도 없는 전화 통화를 거의 2시간 이상 하였다.

그냥 전화기를 붙들고, 서로의 목소리를 듣는 것이 좋았을 뿐이다.

나는 나를 좋아하는 여자가 있다는 것이 이렇게 기분 좋은 일인지 처음 알았다.

전생에서는 아내를 일방적으로 사랑하여 서둘러 결혼했었다.

신혼 기간을 짧은 열정이 지배한 후로, 20년의 결혼은 무관심과 덤덤함이 다였다.

물론 이전에도 사랑한 사람은 있었지만, 그것은 그냥 지나가는 풋사랑 같았다.

한 번 관계를 가진 이후, 현주는 나를 다정한 연인으로 대했다.

은근히 서로 몸을 만지고 애무를 원하기도 했지만, 적절하게 조절하였다.

10장 목
────
수혈정

여전히 나는 아침에 학교 운동장에서 운동을 하고, 사랑스러운 꼬맹이를 만나는 기쁨을 누렸다.

귀엽고 사랑스러운 꼬맹이와 함께 있으면, 그녀의 엄마인 전지나 씨도 딸려 온다.

"안녕하세요."

"안녕하세요."

우리는 웃으며 인사를 했다. '커피숍을 차리는 데 돈이 얼마나 들까요?' 하고 물어보니, '왜 차리시게요?' 한다.

나는 '네' 하고 대답을 했다.

"생각보다 돈이 많이 들고, 경쟁도 심해요. 아직까지는 할 만하지만, 장소를 잘못 잡으면 적자를 보기도 해요."

"그렇군요."

나는 웃으며 그녀와 헤어졌다.

커피 전문점을 하나 차리고, 그 창가에 앉아 소설을 쓰는 것도 나름 멋지지 않나 하는 생각에 물어봤었다.

아공간 마르트라 오셀로를 열어 보니, 금괴 2개와 포션, 마나 포션, 마나석, 드래곤 하트, 미스릴 검 등이 있었다.

보석은 자수정, 호박, 진주 등이었지만 그냥 봐도 돈이 될 것 같지는 않았다.

대마법사의 아공간치고는 영양가가 별로 없었다.

그의 기록을 보면 차원을 여행하기 위해 엄청난 마법진을 만들어야 했고, 그는 이 마법진의 효율을 높이기 위해 엄청난 미스릴을 사용했다고 했다.

그는 드래곤의 레어을 털어 나온 보물을 처분하고, 모조리 미스릴을 구입한 것이 틀림없어 보였다.

남은 미스릴 덩어리가 한 박스 있었으나, 이 미스릴은 지구에 없는 정체불명의 광물이니 지금으로서는 팔 방법이 없었다.

가장 돈 되는 것은 역시 금괴였다.

나는 금괴를 다시 처분하여, 그 금액으로 커피숍을 하나

차렸다.

카페모네. 한국에서 가장 많은 매장을 가지고 있는 브랜드로, 스타벅스 다음 가는 지명도였다.

나는 전지나 씨를 우리 매장으로 초빙하였다.

잘 알고 있는 사람을 고용하는 것이 심적으로 안심되니 말이다.

전지나 씨를 고용하자 소연이가 자동으로 따라오게 되어, 만나는 빈도가 더 높아졌다.

나는 아예 자투리 공간을 이용하여, 나의 집필실과 소연이의 방을 만들어 주었다.

그전에는 엄마가 보고 싶어 아침에 나와 같이 운동장을 뛰었는데, 이제 자신의 방이 생겼으니 너무나 좋아했다.

딸을 떨어뜨려 놓아 마음이 늘 불안했던 전지나 씨도, 함께 있을 수 있게 되자 좋아했다.

"오빠, 나 강아지 데리고 와도 돼요?"

"응?"

"소연아, 베티는 곤란해."

전지나 씨가 말했다.

소연이의 얼굴이 금방 울 것처럼 변했다.

제 딴엔 나와 엄청 친하다고 생각해 물어봤는데, 안 된다는 말을 들으니 서러운 듯했다.

‘그래, 네 나이에 서럽지 않은 것이 있겠니?’

나는 웃으며 개를 한번 데리고 오라 했다.

소연은 금방 집으로 달려가, 강아지가 아닌 개를 데리고 왔다.

“강아지라고 하지 않았니?”

“강아지예요. 아직 한 살도 안 되었는데요.”

“흠, 그렇구나. 어디 보자.”

나는 강아지라는 그 개를 살펴보았다.

브리어드종으로, 우리나라에는 별로 없는 목양견이었다.

영리하고 순종적이며 성격이 밝다.

한동안 ‘초원의 개’로 불리어지기도 했던 이 개는, 늑대로부터 가축을 보호하며 운반에도 사용될 정도로 인간과 가까웠다.

문제는 한 사람만 주인으로 인정하고 따른다는 것이었다. 뭐, 그래도 목양견이니 인간에 대해 항상 긍정적이었다.

“흠, 강아지가 이곳에 있으려면 몇 가지 규칙을 지켜야 한다. 무슨 말인지 알겠니?”

“네.”

소연은 눈을 동그랗게 뜨고 웃으며 대답했다.

웃기는 점은 이 베티도 자신에 대해 말하는 것을 아는지,

귀를 쫑긋거리며 내 말을 듣는다.

"첫째, 여기는 커피를 마시는 곳이야. 원칙적으로 강아지들이 놀 수 있는 장소가 아니란다. 알겠니?"

"네."

"그래, 그러니 강아지가 손님들을 귀찮게 굴면 안 된다. 어떤 일이 일어날지 모르지만, 이곳에 있는 동안은 항상 목에 줄을 매야 한다."

"왜요? 그러면 우리 베티가 힘들어져요."

베티가 나의 말을 이해했는지 모르지만, 얼굴을 소연의 다리에 부비며 왕, 하고 짖었다.

"괜찮다고?"

"왕!"

다시 베티가 짖었다.

"손님과 마찰이 일어나면, 미안하지만 강아지는 집으로 데리고 가야 한다. 알겠니?"

"네."

소연이는 베티를 가여워하며 꼭 껴안았다.

그런 마음을 아는지, 강아지는 어린 그녀의 얼굴을 핥았다.

베티는 오직 소연이만 주인으로 인정했다.

그녀의 엄마인 전지나 씨나 직원들의 말도 곧잘 들었지

만, 그냥 들어준다는 느낌이었다. 개와 꼬마는 서로 좋아 죽으려고 한다.

나는 직원들에게 커피 내리는 법을 배워, 가끔 직접 내린 커피를 마시곤 했다.

커피숍을 열자 가장 먼저 반긴 사람은 현주였다.

그녀는 그 예쁜 얼굴로 '와, 잘됐네. 역시 오빠야' 하고는 커피숍에 출근하기 시작했다.

그녀의 출현에 직원들은 당연히 무척 놀랐다.

"와, 현주 씨 팬입니다."

"저도요, 언니. 너무 예쁘세요."

하다못해 꼬맹이 소연이도 사인을 받는다고 난리였다. 가만히 있는 것은 오직 나와 강아지 베티뿐이었다.

"그럼 사장님이 그 유명한 이열 씨셨군요."

직원들 모두 나를 새삼스러운 눈으로 바라보았다.

그저 그런 사장에서, 순식간에 뭔가 있는 사장으로 변했다.

이래서 남자들이 미인을 사귀려는 건지도 모른다.

나는 변한 것이 전혀 없는데, 자기들 멋대로 판단해 버린다. 나야 마음 좋은 사장으로 보이면 그만이니, 가만히 있었다.

현주가 바리스타에게 커피를 내리는 법에서부터 믹싱에

이르기까지 차분하게 배운다.

나는 내가 아메리카노만 마시니 다른 것은 배울 필요가
없다고 해도 직원들의 꼬임에 빠져 결국 월급도 받지 못하
면서 일을 해주고 있었다.

직원들이야 '언니 너무 멋져요', '언니 너무 맛있어요.'
등등 달콤한 말에 그녀는 너무나 쉽게 넘어갔다.

나도 현주가 칭찬에 저렇게 빨리 무너지는지 처음 알았
다.

여자들은 유난히 칭찬에 약하다.

사귀고 싶은 아름다운 여자를 보면 칭찬을 해보길 권유
한다.

물론 외모를 칭찬하면 별 소득이 없다. 높은 콧대를 올려
줄 뿐이다.

그녀의 재능을 성품을 칭찬해 보라. 어지간하면 넘어올
것이다.

그러면 남자는? 걱정하지 마시길, 더 잘 넘어 온다.

그런데 현주가 언니가 맞나?

내가 알고 있기로는 직원들의 나이가 더 많은 것으로 알
고 있었는데.

나는 직원들의 프로필을 다시 볼까 하다 피식 웃고 말았
다.

뭐 인간은 남녀 무론하고 대부분 격려나 칭찬에는 약하지만 격이 없이 대해 주는 직원들, 특히 전지나 씨의 노련한 화술에 현주는 꼴까닥하고 넘어간 것이다.

그녀가 바리스타로 커피를 만들자 소문이 어떻게 났는지 갑자기 손님들이 늘어났다.

그 대부분이 그녀를 보기 위해 온 것이다.

나는 직원들에게 현주에 대해 말하지 말 것을 당부했다.

그리고 내가 그녀가 대종상에서 언급한 그 사람이라는 사실까지 포함해서 말이다.

"아잉, 커피 만드는 것이 재미있었는데."

내가 커피를 만들지 못하게 하자 여전히 아쉬운지 매장을 힐끔거린다.

현주가 커피를 만드니 손님이 늘어서 좋긴 했다.

문제는 너무 몰려와, 잘못하면 언론에 노출될 것 같았다.

"커피는 기계가 알아서 다 만들어 준다고. 걱정하지 마. 네가 만들어 주는 커피가 난 제일 맛이 있으니까."

"정말?"

"응, 무척 맛이 있어."

커피를 좋아하지만 내가 무슨 신의 혀를 가지고 있는 것도 아니고 대충 맛이 있으면 되었는데 현주는 자꾸 더 맛있는 커피를 내리기 위한 물의 양이나 온도 등을 연구하였다.

"하아, 그런데 그것보다 커피는 로스팅(Roasting)이 더 중요해. 물론 네가 하는 그런 연구도 아주 불필요한 것은 아니지만 말이야."

"정말?"

"흠, 정말 몰랐던 거야? 스타벅스가 왜 세계적인 기업이 되었는지 몰라?"

"응, 이야기해 봐."

"스타벅스는 원래 원두 소매점이었어. 하워드 슐츠(Howard Schultz)는 그 4개의 가게에서 만드는 커피를 좋아해서 동업을 하게 되었지. 나중에는 그 매장을 인수하여, 세계적인 기업으로 성장시켰어. 그는 두 가지에 특별히 신경을 썼는데, 바로 생두와 원두의 로스팅이야. 그는 좋은 생두를 고르고, 그 생두를 볶는 방법에 거의 광적인 집착을 했어. 로스팅을 어떻게 하느냐에 커피의 맛이 아주 달라졌던 거야. 나머지는 알고 있는 대로지. 나도 스타벅스 원칙에 착안을 해서, 아르바이트생을 쓰지 않고 정식 직원들을 고용하는 거야. 안정적인 수입이 없다면 직원의 서비스도 불완전할 테니까. 직원이 마음 깊이 만족해야, 그들이 베푸는 친절도 마음으로 느껴지게 되는 것이야."

"아하."

내 말에 감동을 했는지, 현주가 다가와 입술을 덮친다.

시도 때도 없는 애정 표현이 난감하기도 했다.

가끔 직원들에게 들키면 그녀들은 즐거워하며 웃곤 한다.

이미 내가 현주에게 꼼짝 못 한다는 것을 다 파악한 듯했다.

뭐, 눈치가 아무리 없어도 척 보면 아는 것이었다.

그저 아무 말 안 하는 것이, 그나마 사장의 권위를 그나마 지키는 방법이었다.

나는 하루 종일 가게에 있는 소연이를 위해, 어린이 동화책을 선물해 줬다.

두뇌 개발을 위한 예쁜 그림 퍼즐과, 스도쿠 게임도 사줬다. 스도쿠는 스위스의 수학자 레온하르트 오일러가 고안한 마방진 게임에서 유래되었다.

숫자가 겹치지 않으며 가로 세로의 합이 같아지도록 하는 게임으로, 어릴 때 할수록 두뇌 개발에 도움이 된다고 하여 샀다.

선물 공세에 가장 신난 건 물론 꼬마 소연이었고, 덤으로 전지나 씨의 무한한 신뢰와 마음도 얻었다.

사실 나는 이 커피숍을 직접 운영할 생각이 없었으므로, 이 매장을 총괄할 그녀에게 이런 배려는 반드시 필요했다.

어린 나이에 커피 매장에서 강아지와 놀다 멍하게 있는

꼬맹이를 보며 마음이 짠했었다.

그래도 소연이는 엄마와 하루 종일 있게 되어 행복한 표정을 자주 짓곤 했다.

'그래. 넌 내가 두 번째로 도움을 준 아이야. 부디 행복해라.'

슈퍼맨처럼 하늘을 날 수 있는 능력은 없으니, 이런 아주 작은 곳에서만이라도 사람들을 행복하게 해주고 싶었다.

*　　　*　　　*

소중한 나날들은 공기처럼 가볍고, 햇빛처럼 찬란하게 지나갔다.

어떤 날은 행복하고, 어떤 날은 조금 아쉽기도 했다.

하지만 새로운 육체와 새로운 사랑에 잠겨 나름 만족스러웠다.

[여러분, 안녕하십니까? 연예가 중계입니다. JM 엔터테인먼트가 재벌 그룹 HMT 엔터테인먼트에 인수 합병되었습니다. 아시다시피 JM 엔터테인먼트는 가수 루나, DJ박, 커리, 영화배우로는 서현주, 장동연, 박상욱 등 쟁쟁한 스타들을 보유한 회사인데, 이번에 이례적으로 합병되었습니다. HMT 엔터테인먼트는 작년 영화배우 장영선 양의 자살

과 관련된 의혹이 여전히 남아 있는 기획사입니다. 세간의 화제가 되었던 성 상납의 의혹 역시 완전히 해결되지 않았는데, 이런 공격적인 행보가 무슨 의미인지 모르겠습니다.]

뉴스를 보던 현주는 고개를 갸웃하며 '이상한데' 하고 중얼거린다.

내가 '왜?' 하고 묻자, '삼촌은 회사를 안 넘긴다고 했거든요' 한다.

그녀의 삼촌 김승우 이사는 JM 엔터테인먼트의 상무였다.

오너는 아니었지만 회사의 실질적인 사정을 가장 잘 아는 사람임에 틀림없었다.

안 넘긴다고 했던 회사가 넘어간 것을 보면, 뭔가 야료가 있는 것 같았다.

원래라면 관심도 없었겠지만, 현주가 소속된 회사였으니 결코 무시할 수 없는 일이었다.

JM 엔터테인먼트는 현주와 내가 만나는 것에 아무런 관여를 하지 않는다.

오히려 김칠복 매니저는 번번이 우리를 도와주고 있었다.

그런데 HMT 엔터테인먼트로 합병되면, 그런 협조가 불가능하게 될지도 모른다.

나는 마법사다.

아직 경지는 낮지만, 마나의 영향으로 머리가 예전보다 엄청나게 좋아졌다.

여러 방면에서 드래곤의 마나를 흡수한 능력이 나타나곤 했다.

가장 두각이 나타나는 분야는 생명력과 광포함이다.

감정의 조절에 실패하면 눈이 붉게 변한다. 살의를 동반한 분노는 거의 핏빛으로 보인다.

붉은 눈동자가 이상해, 감정을 조절하면서 실험해 본 결과이기에 확실하다.

생명력은 그 회복력과 에너지가, 다른 사람과 비교할 수 없을 정도로 왕성하다.

예민한 여자들이 나에게 매혹되는 것은 다 이 생명력과 드래곤 마나 때문이었다.

직감이 조금 이상하다 말하고 있었다.

조심하라고, 너의 사랑을 지키라고 말한다.

마법사의 예감은 틀린 적이 없기에, 나는 이 일의 배후를 알아보리라 생각했다.

"소속사가 바뀌면 현주는 어떻게 되는데?"

"아마 지금처럼 자유롭게 움직이지는 못할 거예요. 그리고 원하지 않는 영화나 CF를 찍게 될지도 몰라요."

말을 하면서도 마음이 불편한지, 현주의 얼굴이 어두워졌다.

그녀도 HMT 엔터테인먼트가 어떤 회사인지 알고 있는 게 틀림없었다.

그쪽 업계에 있으니, 기획사들의 은밀한 소문은 누구보다도 잘 알고 있을 것이다.

그러나 그녀는 끝내 말을 하지 않았다. 아마도 내가 걱정할까 봐 그런 듯싶었다.

'나의 소중한 행복을 빼앗으려는 자는 용서하지 않을 것이야.'

어쩌면 과민 반응일지 모른다. 하지만 조심해서 나쁠 것이 뭐가 있겠는가?

나는 현주와 헤어지고 난 뒤, 김칠복 매니저에게 전화를 해 만나기로 했다.

커피숍 집필실에서 김 매니저를 만났다. 그는 현주를 집에까지 바래다주고 다시 왔다.

"HMT 엔터테인먼트에 대해서 알고 계십니까?"

나의 말에 그는 잠깐 생각에 잠기더니, 결심한 듯 입을 열었다.

"뉴스를 보신 모양이시군요. 사실 며칠 전부터 분위기가 매우 안 좋았습니다. HMT 엔터테인먼트는 연예인 성상납을 하는 악덕 기획사입니다. 저희 매니저들 사이에서는 거의 확신하는 일입니다. 기획사를 차린 이유 중 하나가 오너에게 맘에 드는 연예인을 상납하기 위해서라는 말이 분분합니다. 그렇지 않다면 재벌이 뭐가 아쉬워서 연예 기획사 일을 하겠습니까?"

"무력이 개입된 것 같습니까?"

"그럴 수도 있고요. 제 짐작으로는 대표 이사님이 도박을 좋아하시는데, 이번에 아주 제대로 걸린 듯합니다."

"도박요?"

"예, 평상시에는 별로 하지 않고, 1년에 한두 번 하시는 걸로 알고 있습니다. 그런데 이번엔 타짜에게 걸린 모양입니다."

김칠복 매니저가 알 정도면, 대표 이사의 도박이 심각한 모양이다.

사기도박이나 타짜에게 걸리면, 일반인은 그냥 녹아내린다.

빠져나갈 구멍도 없이, 당했는지 모를 정도로 완벽하게 당한다. 괜히 프로겠는가?

곤란하게 되었다.

재벌이 개입되었으면 돈으로 어지간한 추문을 막았을 터였다.

그런데 이렇게 언론에 흘러나왔다는 것은, 그만큼 그 회사가 시궁창이라는 뜻이었다.

"또한 HMT 엔터테인먼트는 소속 배우를 인정사정없이 돌리는 것으로 알고 있습니다. 현주야 계약금을 안 받았으니 다른 연예인보다 낫겠지만, 지금처럼 자유롭게 돌아다니지는 못할 것입니다."

"그 기획사를 나올 수는 없는 겁니까?"

"힘듭니다. 괜히 계약서가 있는 게 아니니까요."

"하긴 그렇죠."

계약금을 받지 않았어도 계약은 계약이다.

계약금을 받으면 계약 조건이 조금 더 까다로워진다는 것 말고는, 별 차이가 없다.

다만 파기할 경우, 계약금을 받지 않은 게 유리하긴 하다.

현주의 경우는 삼촌이 있으니, 계약서상의 불이익이 될 조항을 기록하지는 않았을 것이다. 일단 추이를 지켜봐야 할 듯했다.

커피숍은 예상보다 잘되었다.

현상 유지만 해도 될 것 같았는데, 삼 개월 만에 흑자로 돌아섰을 뿐 아니라 상당한 금액이 남았다.

큰돈을 벌려고 커피숍을 하는 것이 아니고, 그냥 백수로 놀 수 없어서 연 가게였다.

월급쟁이 생활을 해봤으니, 누구보다 직원들의 심리는 잘 알고 있었다.

나는 그나마 외국계 회사에 있었으니 연봉이라도 조금 높았지만, 대부분의 직장인들은 생활이 빠듯했다.

나는 이번 달 순수익 중 일부를 전지나 씨에게 주면서, 보너스라고 말했다.

"이렇게나 많이요?"

그녀는 내가 내민 돈을 보며, 놀란 표정을 지었다.

"생각보다 돈이 더 많이 들어왔네요. 다 지배인님이 열심히 하신 덕분입니다. 직원들 불러주세요. 자주는 못하지만, 실적이 좋으면 가끔 이렇게 하겠습니다."

"고맙습니다. 사장님."

"뭐, 직원들이 노력하여 번 돈의 일부를 나누는 건데요. 월급이 많은 편은 아니잖습니까?"

"그렇긴 하지만, 다른 곳은 아르바이트를 고용하기도 하는데요."

"전 조금 다르게 생각합니다. 직원들이 마음으로 기뻐하지 않으면, 친절도 가식일 수밖에 없습니다. 직원들이 행복하면 저도 덩달아 행복해지겠죠."

나는 직원들에게도 작지만 돈을 주었다. 원래 예상하지

못한 돈이 더 기쁜 법이다.

환하게 웃는 직원들의 웃음을 보니, 정말 잘했다는 생각이 들었다.

직급에 따라 차등 지급을 했다. 일반 직원은 20만 원밖에 되지 않았지만, 사실 그들에게 큰돈임을 알고 있다.

월급에서 통신비, 보험료 등등 꼭 필요한 것을 제하고 나면, 사실 쓸 수 있는 돈은 얼마 안 된다.

20만 원에 행복을 샀으니 성공한 것이다.

나는 나에게 찾아온 큰 행운의 업을, 이렇게 다른 사람들과 나눈다.

*   *   *

오늘은 어쩐 일로 현주가 정장을 입고 왔다. 나는 웬일이야, 하고 물었다.

"나 어때?"

약간 긴장한 표정의 그녀를 보며 이상하다 싶었지만, 사실대로 이야기해 주었다.

"응, 오늘도 예뻐."

"정말?"

"응."

"그럼 저녁에, 이열 씨 부모님 뵈러 가요."

"응?"

"우리 사귀잖아요. 그럼 인사를 드리는 게 마땅하죠."

"그렇긴 하지만 좀 이르지 않아?"

"흥, 자기는 나랑 섹스까지 해놓고 이러기예요?"

"아니, 그런 게 아니라. 남자 집에 인사를 드리면 부모님의 눈치도 봐야 하고, 불편해하는 것 같더라구."

"난 괜찮아요. 빨리 결혼할 거예요."

현주는 이상하게 일찍 결혼하기를 원하였는데, 사실 나도 같은 생각이었다.

항상 당당하고, 당돌하기까지 한 현주가, 오늘은 굉장히 긴장을 한다.

"오빠, 부모님이 나 싫어하지 않으시겠지?"

"싫어할 이유가 없잖아. 너처럼 밝고 상냥하고 예쁜 여자를."

"그렇겠… 지?"

"응, 걱정하지 마."

나의 말에 약간 긴장을 늦추고, 안도하는 그녀였다. 이렇게 긴장을 하면서, 인사를 드리겠다고 먼저 자처하다니. 그만큼 나를 사랑한다는 말이겠지.

나는 그녀를 품에 꽉 안고, 입술에 가벼운 키스를 했다.

그러자 한결 마음이 안정이 되는지, 예전처럼 밝은 표정이 나타났다.

"어머니, 우리 10분 뒤면 도착할 거예요."

[알았다.]

어머니의 목소리에는 힘이 넘쳐흘렀다.

아마 어머니는 상아 제약의 김미영과 맞선을 본 결과라고 생각하시는 모양이다.

'서현주라고 말씀드리지 않았는데, 괜찮을지 모르겠네.'

나는 은근히 걱정이 되었다.

『도시의 주인』 2권에 계속…

백미가 新무협 판타지 소설
FANTASTIC ORIENTAL HEROES

천선지가

불의의 사고로 죽은 청년 이강
그를 기다린 것은 무림이었다!

어느 날
그에게 찾아온 운명,
천선지사.

각인 능력과 이 시대엔 알지 못한 지식으로
전생에서 이루지 못한 의원의 꿈을 이루다!

『천선지가』

하늘에 닿은 그의 행보가 시작된다!

FUSION FANTASTIC STORY
월문선 장편 소설

화려한 귀환

머나먼 이계의 끝에서
다시 돌아온 남자의 귀환기!

『화려한 귀환』

장점이라고는 없던 열등생으로 태어나,
학교에서 당하는 괴롭힘을 버티지 못하고
자살이라는 극단적인 선택을 하게 된 남자, 현성.

"돌아왔다…… 원래의 세계로!"

이계에서 죽음을 맞이하게 된 현성은
자신을 죽음으로 내몰았던 현실 세계로 돌아오게 된다!

고뇐 아픔들, 그리웠던 기억들,
모든 것을 되살리며 이제 다시 태어나리라!

좌절을 딛고 일어나 다시 돌아온
한 남자의 화려한 이야기!
이보다 더 화려한 귀환은 없다!

Book Publishing CHUNGEORAM

유행이 아닌 자유추구 -
WWW.chungeoram.com